Bernhard Glocker

———————————————

Mord in St. Oskar

Zum Autor

Bernhard Glocker ist im November 1953 geboren, verheiratet, war als Jurist tätig und lebt heute als freier Autor in München. 2018 hat er einen Ratgeber für Reisefans unter dem Titel „Mit dem Auto durch die USA" veröffentlicht. 2020 ist sein Mysterie-Politthriller „Kampf um China" erschienen. In seinem neuesten Buch „Mord in St. Oskar", entstanden im Corona-Lockdown, befasst sich der Autor mit einem - natürlich fiktiven - Mordkomplott in einer - natürlich ebenfalls fiktiven - Münchener Pfarrei. Ähnlichkeiten mit lebenden Personen sind rein zufällig. Wenn doch jemand glauben sollte, sich als Akteur des Romans wiederzuerkennen, kann er oder sie hoffentlich ein wenig Spaß vertragen.

Bernhard Glocker

Mord in
St. Oskar

Kriminalroman

www.tredition.de

Verlag und Druck: tredition GmbH, Hamburg

ISBN
Paperback: 978-3-347-32403-9
Hardcover: 978-3-347-32404-6
e-Book: 978-3-347-32405-3

Titelbild: Voodoo
                  © Bernhard Glocker München

Kapitel 1

Die frisch pensionierte Kriminalhauptkommissarin Luise Wengler saß an ihrem Schreibtisch im häuslichen Arbeitszimmer und blickte versonnen aus dem Fenster auf den gegenüberliegenden Garten der katholischen Pfarrkirche St. Oskar, einer kleinen Pfarrei am Stadtrand im Münchener Süden. Laut kreischend spielten dort die Kinder, die einen der begehrten Plätze im kirchlichen Kindergarten hatten ergattern können. Das sommerliche Geschehen, das Wengler beobachtete, war so viel unterhaltsamer als der schriftliche Bericht, den Kirchenpfleger Rudolf Seeberger ihr und allen anderen Mitgliedern des Pfarrgemeinderates von St. Oskar wie auch dem zuständigen hauptamtlichen Personal der Gemeinde, also dem Pfarrer Erich Hampel, dem Kaplan Pater Xavier, dem Pastoralreferenten Dieter Putz sowie der gerade einmal ein Jahr zuvor bestellten Verwaltungsleiterin der Pfarrei Tamara Poltermeier zur Vorbereitung der nächsten Pfarrgemeinderatssitzung zugeleitet hatte. Zumindest ergab sich eine entsprechende Empfängerliste aus der Adressierung des Berichts, der im wesentlichen aus einer Aneinanderreihung von Zahlen bestand. Seufzend wandte sich Wengler wieder diesem Zahlenwerk zu. Es ging um die Finanzierung einer bitter nötigen Renovierung des Pfarrzentrums nebst Kindergarten, die nach jahrelanger Vorbereitung jetzt endlich ihren Anfang nehmen sollte. Das erzbischöfliche Ordinariat hatte zugesagt, den Großteil aller Kosten zu übernehmen, wenn die Pfarrei respektive ihre Kirchenstiftung sich in der Lage sähe, einen Eigenanteil von 200.000 Euro selbst zu tragen. Nach intensiven Beratungen in der Kirchenverwaltung, dem dafür zuständigen Organ, hatte Kirchenpfleger Seeberger jetzt ein Konzept erstellt, das den gestellten Anforderungen genügen sollte und das er auf der nächsten Pfarrgemeinderatssitzung den anderen Beteiligten vorstellen wollte. Zahlen über Zahlen – immerhin, so viel konnte Wengler verstehen: Das Vermögen der Kirchenstiftung würde letztlich ausreichen, den Eigenanteil der Pfarrei zu finanzieren, auch wenn man sich dafür wohl für einige Zeit von anderen, liebgewordenen Traditionsprojekten würde verabschieden müssen. Hier würde auch sie, die Bildungsbeauftragte des Pfarrgemeinderates, Konzessionen machen müssen. Natürlich war sie dazu bereit. Warum nur machte Seeberger so einen Wirbel um die Präsentation seines Zahlenwerks? Immerhin — man würde angesichts des Boheis, das Seeberger da veranstaltete, voraussichtlich auch das Phantom wieder einmal zu Gesicht bekommen. Das Phantom, das war der Spitzname von Pfarrer Hampel, den man — so war die Erfahrung aller ehrenamtlichen Mitarbeiter der Pfarrei und auch so mancher hauptamtlicher Mitstreiter — praktisch kaum zu sehen bekam. Der Pfarrer hatte die Fähigkeit entwickelt, nahezu alles, was an Aufgaben auf ihn zukam, auf seine Mitarbeiter zu delegieren inklusive der rein seelsorglichen Tätigkeiten, für die Pater Xavier und Pastoralreferent Putz immer wieder einspringen mussten, während sich Pfarrer Hampel in seinem Pfarrhaus vergrub. Was er dort machte, wusste niemand. Wenn man Glück hatte, nahm er zumindest Termine wahr, die er zuvor ausdrücklich akzeptiert hatte. Sicher war man aber auch da nicht.

Luise Wengler legte den Bericht beiseite. Sie hatte ihn soweit durchgearbeitet, dass sie ihres Erachtens in der Lage sein würde, in der bevorstehenden Sitzung den lichtvollen Ausführungen von Kirchenpfleger Seeberger zu folgen. An sich interessierten sie Details der geplanten Finanzierung nur mäßig. Darum mochten sich andere kümmern. Schon im Beruf hatte sie mit der Verfolgung von Wirtschafts- und Steuerdelikten nicht viel am Hut gehabt, auch wenn sie rückschauend bedauerte, sich in ihrer aktiven Zeit nicht mehr um solche Dinge gekümmert zu haben. Ihr Fachgebiet, das war die Verfolgung von Kapitalverbrechen gewesen. Mord und Totschlag, das hatte sie beschäftigt und die Verfolgung der Täter (fast immer männlich) hatte sie mit Leidenschaft betrieben. Das Privatleben hatte da manchmal hintanstehen müssen. Aber Gott sei Dank hatte Peter, Ihr Ehemann, immer Verständnis dafür gehabt. Außerdem war er als Schriftsteller ohnehin mit seinen eigenen Projekten beschäftigt.

Kapitel 2

Langsam füllte sich der Pfarrsaal der Pfarrei St. Oskar. Luise Wengler sah sich um. Pater Xavier und Pastoralreferent Putz waren schon vor ihr eingetroffen und hatten sich am Kopfende des Konferenztisches etabliert. Den Platz zwischen ihren beiden Stühlen hatten sie für den Pfarrer frei gelassen. Pfarrer Hampel, der hoffentlich noch erscheinen würde, war trotz aller Menschenscheu, die er an den Tag legte, immer eifrig bedacht, die Würde seines Amtes zu wahren, ja, er trug sie, wie Spötter meinten, regelmäßig wie eine Monstranz vor sich her. Einen Platz am Tisch irgendwo zwischen seinen Pfarrgemeinderäten hätte er keinesfalls akzeptiert.

Mit Freude stellte Wengler fest, dass auch ihre Freundinnen Dr. Michaela Stamm und Lena Seckendorff heute mit dabei waren. Dr. Stamm war als Ärtin noch berufstätig, wollte ihre Praxis aber in Kürze an einen Nachfolger übergeben. Lena Seckendorff dagegen war schon lange im Ruhestand. In ihrer aktiven

Zeit hatte sie als Mitarbeiterin einer renommierten Großbank Firmenkunden betreut und war mit Finanzfragen bestens vertraut.

Wengler setzte sich neben ihre Freundinnen an den Tisch. Der Platz rechts von ihr war noch leer. Irgendein Spaßvogel hatte eine kleine Strickpuppe auf dem Stuhl platziert, in die einige Nadeln gesteckt waren. Manche Leute haben einen merkwürdigen Humor, dachte Wengler. Ihr gegenüber saß eine der wichtigsten Personen der heutigen Veranstaltung: Vincent Stavropoulos, der Architekt, der erst kürzlich in den Pfarrgemeinderat gewählt worden war und der die Bauaufsicht über die geplante Renovierung des Pfarrzentrums führen sollte, ein Auftrag, den er, wie Wengler glaubte, sicher nicht für Gottes Lohn erledigen würde. Stavropoulos hatte jede Menge Papier um sich herum gestapelt, offensichtlich die Pläne des Bauvorhabens. Er war für alles gerüstet.

Der Beginn der Sitzung war auf 20.00 Uhr angesetzt. Um 20.15 Uhr erschien Pfarrer Hampel, grüßte flüchtig in den Raum hinein und nahm seinen Platz zwischen Pater Xavier und Pastoralreferent Putz ein. Zur allseitigen Überraschung war der Pfarrer aber nicht allein erschienen. In seiner Begleitung betrat Tamara Poltermeier, die Verwaltungsleiterin der Pfarrei, den Saal und setzte sich neben die anderen Hauptamtlichen. Poltermeier hatte bei den meisten der heute anwesenden Sitzungsteilnehmer noch keinen allzu bleibenden Eindruck hinterlassen. Sie galt als tüchtig, durchsetzungsstark, aber nicht sehr zugänglich. Wengler hatte außerdem bereits die Erfahrung gemacht, dass die Verwaltungsleiterin wenig Gespür für die Notwendigkeit entwickelte, den Pfarrangehörigen in der Pfarrei ein Forum zu bieten. Veranstaltungen wie Märkte, Vorträge oder Filmabende, die die Menschen der Pfarrei zuführen und sie letztlich auch an die Pfarrei binden sollten, waren für Poltermeier, wie Wengler zu erkennen meinte, allenfalls lästig, vor allem, wenn sie sich finanziell nicht rechneten.

Gegen 20.30 Uhr machte sich langsam Unruhe im Saal breit. Alle erwarteten Teilnehmer der Sitzung waren mittlerweile anwesend – bis auf den Referenten, Kirchenpfleger Seeberger. Die Hauptamtlichen begannen, untereinander zu tuscheln. Dr. Stamm bemerkte halblaut, aber doch überall am Tisch gut vernehmbar, dass sie ihre Zeit nicht gestohlen habe und morgen wieder ihrem Beruf nachgehen müsse. Schließlich zückte Pastoralreferent Putz sein Handy, wählte eine vorgespeicherte Nummer an und wartete auf eine Reaktion. Eine solche kam aber nicht.

„Herr Seeberger ist nicht erreichbar", verkündete Putz schließlich. „Ich werde Herrn Mirkowski bitten, nach ihm zu sehen." Putz wählte eine andere Nummer, begrüßte Herrn Mirkowski und erteilte ihm den Auftrag, Seeberger herbeizuschaffen. Borislav Mirkowski war der Mesner der Pfarrei. Er stammte aus Polen, hatte sich vor einem Jahr erfolgreich um die damals freie Mesnerstelle in St. Oskar beworben und schließlich eine Dienstwohnung in der Pfarrei bezogen. Er war allseits beliebt, stets hilfsbereit und freundlich.

Weitere zwanzig Minuten vergingen. Dr. Stamm packte bereits ihre Unterlagen zusammen, als Mirkowski den Saal betrat. Er sah ungewöhnlich rotgesichtig aus und wirkte verstört. „Ich habe Herrn Seeberger gefunden", verkündete er. „Er liegt schwer verletzt in einer Biegung des Durchgangs zwischen der Kirche und den Konferenzräumen. Jemand hat ihn niedergestochen. Überall ist Blut."

Kapitel 3

Gegen 21.00 Uhr trafen der Notarzt und schließlich auch die Polizei ein, die Putz beide sofort telefonisch verständigt hatte. Die Sitzungsteilnehmer waren auf dringende Bitte von Wengler Im Sitzungssaal verblieben. Lediglich Dr. Stamm war hinunter in den Durchgang geeilt und hatte versucht, Seeberger erste Hilfe zu leisten, konnte aber nur noch den Tod des Kirchenpflegers feststellen. Auch der Notarzt kam nach seinem Eintreffen zu keinem anderen Ergebnis. Die Polizei nahm befriedigt zur Kenntnis, dass der Tatort nicht von den Sitzungsteilnehmern kontaminiert worden war, konnte aber dennoch keine weiterführenden Spuren sichern. Papiere, ein Handy oder eine Geldbörse wurden beim Opfer nicht gefunden. Auch die Tatwaffe, mit der dem Opfer ganz offenkundig mehrere Stichverletzungen beigebracht worden waren, blieb trotz eifriger Suche verschwunden. Die Leiche wurde schließlich sichergestellt und in die Rechtsmedizin verbracht.

Darauf begaben sich die Polizeibeamten in den Sitzungssaal, um noch kurz mit den dort immer noch versammelten Personen zu sprechen. Zunächst wurde Borislav Mirkowski vernommen, der schilderte, wie er nach dem Anruf von Herrn Putz nach Herrn Seeberger gesucht und ihn schließlich im Durchgang vorgefunden hatte. Danach sei er sofort zu den anderen in den Saal gekommen. Weiteres könne er nicht beitragen. Von einer Stichwaffe habe er nichts bemerkt.

Nach der Vernehmung Mirkowskis wandte sich der leitende Polizeibeamte, Kriminalhauptkommissar Beck, an die anderen Anwesenden. „Es ist schon ziemlich spät", bemerkte er. „Hat jemand von Ihnen irgendetwas gesehen oder gehört, das zur Aufklärung des Verbrechens beitragen kann? – Nein? – Gut, dann geben Sie jetzt bitte der Reihe nach meinen Kollegen Ihre Namen und Adressen an. Wir werden Sie in den nächsten Tagen noch einmal kontaktieren. Vielleicht überlegen Sie sich schon einmal, wann Sie das Opfer zuletzt gesehen oder mit ihm gesprochen haben."

In diesem Augenblick trat Wengler von hinten an den Polizeibeamten heran. „Guten Abend, Herr Beck", begrüßte sie ihn.

Der Beamte fuhr herum, starrte Wengler einen Augenblick lang an, als hätte er ein Gespenst gesehen, lächelte dann aber. „Guten Abend, Frau Wengler. Was machen Sie denn hier?"

„Ich bin Mitglied des Pfarrgemeinderats von St. Oskar und bin wie die anderen auch gekommen, um das Referat von Herrn Seeberger zur Finanzierung der geplanten Baumaßnahmen in unserer Pfarrei zu hören", war die Antwort.

„So, also darum sollte es gehen. Nun, da ist dem armen Herrn Seeberger wohl jemand dazwischengekommen. Ein Raubmord, wie es scheint." Beck wirkte sehr selbstbewusst.

„Glauben Sie?", fragte Wengler vorsichtig nach.

„Da bin ich mir schon ziemlich sicher. Die verschwundene Geldbörse, Sie verstehen?" Beck lächelte erneut. „Gehen Sie jetzt nach Hause,

Frau Wengler. Das alles hier geht Sie ja Gott sei Dank nichts mehr an. Damit müssen wir uns jetzt herumschlagen."

Kapitel 4

„Entschuldigen Sie die Störung so früh am Morgen", tönte es aus dem Telefon in die noch müden Ohren von Luise Wengler. „Putz hier. Haben Sie einen Moment Zeit für mich?"

„Natürlich, Herr Putz, kein Grund zur Entschuldigung. Immerhin ist es ja schon – 8.00 Uhr morgens", gab Wengler leicht indigniert zurück.

„Frau Wengler, der Mord an Herrn Seeberger – mir kommt das alles ziemlich seltsam vor, und nicht nur mir", meinte Putz, ohne näher auf den Tonfall seiner Gesprächspartnerin einzugehen. „Selbst das Phantom – äh, ich meine, der Herr Pfarrer, empfindet es als merkwürdig, dass Herr Seeberger ausgerechnet auf dem Weg in unsere Sitzung überfallen wurde. Sollte da eine Absicht dahinterstecken, uns wesentliche Informationen zu unserem Bauvorhaben vorzuenthalten? Es geht ja doch um sehr viel Geld. Und dann ist mir noch etwas aufgefallen – aber bitte behandeln Sie das absolut vertraulich! Pater Xavier war völlig verstört, als Herr Mirkowski uns von seinem Fund berichtet hat. Er hat geradezu gezittert und voller Panik auf den leeren Stuhl rechts neben Ihnen gestarrt so, als ob dort Luzifer persönlich Platz genommen hätte. Was hat er mit der Sache zu tun? Er hat Herrn Seeberger kaum gekannt und unser Bauvorhaben kann ihn eigentlich auch nicht groß interessieren. Er ist ja nur vorübergehend bei uns. In einem Jahr geht er zurück nach Haiti. Und dann noch eins: Herr Seeberger hatte nicht nur Freunde in der Pfarrei. Hans Köferl, der Kirchenmusiker, beispielsweise hat ihn geradezu gehasst. Herr Seeberger hat verhindert, dass Herr Köferl eine ergänzende Anstellung als Leiter des Kinderchores bei uns bekommen hat, seinerzeit als ihm das Ordinariat seine eigene Stelle gekürzt hat. 600 Euro weniger im Monat – das steckt man nicht so ohne weiteres weg. Und dann Frau Kammerloher, die Leiterin unseres Kindergartens! Ich weiß aus sicherer Quelle, dass sie Herrn Seeberger bestürmt hat, den Kindergarten im Rahmen der Sanierung bevorzugt zu behandeln. Herr Seeberger soll das mit schroffen Worten abgelehnt haben. Ich weiß, Frau Wengler — deswegen bringt man niemanden um und schon gar nicht auf so bestialische Weise. Aber komisch ist das schon. Und jetzt das beste: Diesen Polizeibeamten, Herrn Kriminalhauptkommissar Beck, interessiert das alles überhaupt nicht! Ich habe ihm alles erzählt. Er aber hat kaum zugehört, am Ende sogar gefragt, ob ich jetzt fertig bin mit meinen Mutmaßungen, und hat dann gesagt, für ihn und seine Kollegen sehe das sehr nach Raubmord aus, vielleicht ein Fall von Beschaffungskriminalität. Man werde den Täter vorerst einmal im Drogenmilieu suchen."

„Das wundert mich jetzt nicht", gab Wengler zurück. „Beck war immer schon ein phantasieloser Einfaltspinsel. So oft wie der früher daneben lag in seiner Fallanalyse — wenn er gewürfelt hätte, hätte er vermutlich eine höhere Erfolgsquote gehabt."

„Sie kennen Herrn Beck von früher?", fragte Putz.

„Das kann man so sagen", erwiderte Wengler. „Er war einige Zeit mein Assistent, bis er in eine andere Abteilung gewechselt ist. Jetzt haben sie ihn offenbar zurückgeholt und zu meinem Nachfolger gemacht. Wenn jemand noch öfter schief liegt als Beck in seinen Einschätzungen, dann ist es bestimmt unsere Personalabteilung. Aber das haben Sie nicht von mir."

„Keine Angst, ich zitiere Sie nicht", lachte Putz. „Unsere Personaler sind mit Sicherheit auch nicht besser. Wofür die ihr Gehalt beziehen, frage ich mich oft. Da werden Leute, denen man schwerste Verfehlungen vorwirft, aus einem Amt herausgenommen, nur um wenig später anderswo in gleicher oder ähnlicher Funktion wieder aufzutauchen.

Doch lassen wir das und kommen wir zum Schluss. Wenn wir schon mit Ihnen eine erfahrene Kriminalistin in der Pfarrei haben – könnten Sie sich nicht der Sache Seeberger ein wenig annehmen? Meine Unterstützung haben Sie und die von Herrn Pfarrer kann ich Ihnen verbindlich zusichern. Stellen Sie sich ein kleines Team vertrauenswürdiger Leute zusammen und versuchen Sie sozusagen undercover zu ermitteln, wer Herrn Seeberger umgebracht hat und warum das geschehen ist. Ich habe nur eine winzige Bitte: Geben Sie mir Bescheid, vor Sie Ihre Ergebnisse der Polizei vorstellen."

„Wenn Sie glauben, dass das etwas bringt – von mir aus", sagte Wengler spontan zu. „Vielleicht macht es mir ja sogar Spaß, wieder in meine alte Rolle als Mordermittlerin zurückzuschlüpfen. Mehr Mist als Beck baue ich bestimmt nicht. Sie hören von mir!"

Kapitel 5

„So sieht es aus, meine Lieben", schloss Wengler ihren Bericht an Dr. Michaela Stamm und Lena Seckendorff, die sie noch am Tage ihres Gesprächs mit Pastoralreferent Putz auf eine Tasse Kaffee zu sich eingeladen hatte.

„Und was machst du jetzt?", fragte Dr. Stamm neugierig.

„Ich bilde gerade mein Ermittlungsteam – wir drei werden den Mord aufklären", war die Antwort.

„Du spinnst! Wie sollen wir das denn machen?", entfuhr es Seckendorff spontan.

„Naja, ein bisschen Ahnung habe ich schon noch davon, wie so etwas geht. Natürlich sind unsere Mittel begrenzt", versuchte Wengler ihre Freundinnen von ihren Absichten zu überzeugen. „Wenn Beck Recht hat und der Mörder kommt von außen, aus dem Drogenmilieu etwa, werden wir natürlich nichts erreichen. Wir werden nicht nach irgendwelchen Junkies suchen. Wenn aber Herr Putz mit seinem Verdacht Recht hat und der Mörder kommt aus der Pfarrei, aus unserer Mitte, dann können wir ihn entlarven. Konzentrieren wir uns also auf diese Möglichkeit. Mein Vorschlag wäre: Für den Anfang rede ich einmal mit Pater Xavier. Ich habe da noch etwas in der Hinterhand, das Herrn Putz nicht aufgefallen ist und Beck nicht interessiert hat. Ich meine dieses Püppchen, das in der Sitzung auf dem Stuhl neben mir platziert war." Wengler zog die kleine Strickpuppe mit den Stecknadeln aus ihrer Handtasche. Sie hatte die Puppe am Ende mitgenommen, da niemand ihr weitere Aufmerksamkeit geschenkt hatte. "Ich könnte mir vorstellen, dass Pater Xavier dazu etwas einfällt. Er kommt schließlich aus Haiti!"

„Du meinst, es geht um - Voodoo?", fragte Dr. Stamm ungläubig. „Pater Xavier ist doch ein katholischer Priester und bis jetzt niemandem von uns, wenn ich das richtig sehe, mit einem Hang zu so einem heidnischen Kult aufgefallen, auch wenn der in seiner Heimat stark verbreitet sein mag."

„Lassen wir uns überraschen", meinte Wengler leichthin. „Zuvor aber brauche ich noch deine Hilfe, Michaela. Kannst du für uns im Institut für Rechtsmedizin herausfinden, wo genau an Herrn Seebergers Leiche die Stichverletzungen festgestellt worden sind? Schau dir einmal die Puppe an, die ich hier habe, und merke dir, wo die Nadeln hineingesteckt worden sind. Es würde mich sehr interessieren, ob es Übereinstimmungen gibt."

„Da kann ich dir vielleicht sogar wirklich behilflich sein. Der Institutsleiter ist ein Studienkollege von mir. Ich werde ihn einmal besuchen und erzähle dann, was in unserer Pfarrei passiert ist. Es würde mich nicht wundern, wenn ich ihn dazu bringen könnte, mir seine Arbeitsergebnisse in diesem Fall zu präsentieren – von Kollege zu Kollegin sozusagen."

„Fein, sehr fein", meinte Wengler zufrieden. „Und auch für dich, Lena, hätte ich eine Aufgabe. Schau dir zuerst noch einmal genau den schriftlichen Bericht von Herrn Seeberger zu den anstehenden Sanierungsarbeiten an. Auf eine Erläuterung können wir ja jetzt nicht mehr hoffen. Vielleicht entdeckst du beim zweiten Hinsehen etwas im Finanzierungskonzept, was auf Probleme hindeuten könnte, irgendetwas, das so gewichtig wäre, dass man Seeberger deswegen zum Schweigen gebracht hat. Und dann rede doch einmal mit den anderen Mitgliedern der Kirchenverwaltung. Sie werden, wie ich glaube, nicht im Entferntesten den Einblick haben, den Herr Seeberger als Kirchenpfleger gehabt hat. Aber vielleicht ist ihnen doch noch ein Punkt aus der Diskussion in ihrem Gremium erinnerlich, woran wir anknüpfen könnten. Worauf hat sich Herr Seeberger konzentriert? Was lag ihm an Material vor? Wollte er uns möglicherweise auf irgendetwas besonders hinweisen?"

„Das kann ich schon machen", erwiderte Seckendorff wenig begeistert. „Aber warum fragst du nicht einfach Herrn Pfarrer Hampel? Er ist doch kraft seines Amtes geborener Vorsitzender der Kirchenverwaltung und müsste über all diese Dinge bestens Bescheid wissen."

„Das war auch mein erster Gedanke", gab Wengler zurück. „Aber unser Phantom hat, wie ich gehört habe, natürlich davon abgesehen, seine kostbare Zeit mit der Teilnahme an einer Sitzung seiner Kirchenverwaltung zu verplempern. Er hat Herrn Seeberger beauftragt, ihn dort zu vertreten, und wollte sich im Pfarrgemeinderat dann mit uns zusammen darüber informieren lassen, was bei den Beratungen in der Kirchenverwaltung herausgekommen ist. Über die ganzen Hintergründe weiß Pfarrer Hampel so wenig wie wir."

„Eigentlich hätte ich mir das denken können", seufzte Seckendorff. „Wir kennen ihn ja alle. Na schön, dann mache ich mich mal an die Arbeit."

Kapitel 6

Langsam ging Wengler zwei Tage später auf das Pfarrhaus zu, die Handtasche fest unter den Arm geklemmt. In der Tasche befand sich die ominöse Strickpuppe. Das Pfarrhaus war für seine derzeitige Verwendung maßlos überdimensioniert: In besseren Tagen hatte dort der Pfarrer gewohnt, der Vorgänger von Pfarrer Hampel. Er hatte im Pfarrhaus seine Besprechungen abgehalten und Gemeinde-mitglieder empfangen, die das Gespräch mit ihm suchten oder ein Anliegen an ihn heran-tragen wollten. Daneben war zumindest zeit-weise auch ein Kaplan im Pfarrhaus unterge-bracht ebenso wie eine Haushälterin, die die geistlichen Herren zu versorgen hatte. Heute bewohnte allein Pater Xavier zwei Zimmer im ersten Stock des Gebäudes. Im Erdgeschoss amtswaltete an zwei Tagen in der Woche stundenweise eine Pfarrsekretärin. Der Rest des Pfarrhauses stand leer. Der Pfarrer selbst residierte in einem entfernter gelegenen, weit repräsentativeren Gebäude, das ihm die zweite Pfarrei, der er ebenfalls vorstand, zur Verfügung gestellt hatte.

Wengler läutete an der Tür. Einige Zeit verging, bis sich im Hausinneren Schritte näherten. Pater Xavier öffnete und bat Wengler einzutreten. Er führte seine Besucherin in das leerstehende Bürozimmer, in dem sonst die Sekretärin tätig war.

„Was kann ich für Sie tun?", fragte Pater Xavier. „Herr Putz hat mir die Bitte des Herrn Pfarrers ausrichten lassen, Ihnen für ein Gespräch zur Verfügung zu stehen."

„Vielen Dank dafür, Pater", antwortete Wengler. Sie hatte sich entschlossen, nicht lange um den heißen Brei herumzureden, sondern den jungen Geistlichen hart zu konfrontieren, um ihm keine Zeit zu geben, sich auf die Situation einzustellen. „Pater, ich muss mit Ihnen sprechen in Zusammenhang mit dem Tod von Herrn Seeberger. Sie haben, als Herr Mirkowski uns von der Attacke auf Herrn Seeberger unterrichtet hat, ziemlich verstört reagiert, wie ich beobachten konnte. Und ich glaube auch zu wissen warum. Sie haben offenbar gerade in diesem Moment diese kleine Puppe hier" – Wengler nahm die Puppe aus der Handtasche und hielt sie Pater Xavier entgegen – „auf dem Stuhl neben mir entdeckt und sie mit Panik in den Augen fixiert. Was hat es mit der Puppe auf sich? Haben Sie sie auf den Stuhl gesetzt? Was haben die Nadeln zu bedeuten, die in die Puppe gesteckt sind?" Wengler wusste mittlerweile von Dr. Stamm, dass die Stichverletzungen, die Seeberger beigebracht worden waren, tatsächlich mit den Nadelstichen korrelierten, die die Puppe aufwies. Das konnte kein Zufall sein!

„Oh mein Gott, nein, nein! Ich habe mit dem Tod von Herrn Seeberger nichts zu tun, glauben Sie mir!" Pater Xavier verlor die Fassung und brach in Schluchzen aus. „Die Puppe, dieser vermaledeite Voodoozauber! Das hat mich einfach aus der Fassung gebracht. Ich bin kein Bocore!"

„Beruhigen Sie sich. Niemand beschuldigt Sie, ein – was? Bocore? – zu sein", versuchte Wengler dem Pater gut zuzureden.

„Ok, ok, ich beruhige mich schon. Aber ich habe mit der Sache wirklich nichts zu tun. Ich bin katholischer Priester, aber natürlich bin ich auch ein Sohn meiner Heimat, meiner Kultur, und auf Haiti spielt die Voodoo-Religion immer noch eine bedeutende Rolle. Ein Bocore ist übrigens ein Voodoo-Priester, der Schadzauber verübt, schwarze Magie sozusagen. Ein beliebtes Ritual ist das Herstellen von Puppen, die Menschen verkörpern, denen man schaden möchte. Man sticht mit Nadeln in die Puppe und fügt dadurch dem Opfer Leid zu. Alles Unfug natürlich, aber wenn Sie in so einer Kultur aufgewachsen sind und plötzlich mit einer Voodoo-Puppe konfrontiert werden, noch dazu in Zusammenhang mit einem Mord, dann kann das – sehr verstörend wirken, nicht wahr? Ich hoffe, das erklärt mein Verhalten in der Sitzung."

„Das alles ist für mich schon nachvollziehbar", versuchte Wengler abzuwiegeln. „Obwohl – es ist mehr als seltsam, dass die Stiche, die Seeberger zugefügt wurden, genau an den Stellen sitzen, an denen die Voodoo-Puppe gestochen wurde. Selbst wenn man da nicht an schwarze Magie denken will, bedarf das einer Erklärung. Und wenn Sie es nicht waren, der hier gezaubert hat – wer war es dann? Ich kenne niemanden in der Pfarrei, der eine Beziehung zum Voodoo-Kult hat. War es ein reisender Voodoo-Priester, der nicht aus der Übung kommen wollte und deshalb so mal eben den armen Herrn Seeberger massakriert hat?"

„Das ist natürlich Unsinn, und das wissen Sie auch", entgegnete Pater Xavier, jetzt wieder etwas gefasster. „Trotzdem weiß ich nicht, wie ich Ihnen da weiterhelfen soll. Das heißt – ich will Ihnen ja helfen. Und deshalb zeige ich Ihnen jetzt etwas, was Sie wissen sollten. Vielleicht glauben Sie ja, dass das, was ich Ihnen jetzt zeige, mich noch mehr belastet. Aber denken Sie daran: Ich zeige es Ihnen aus freien Stücken. Ich hätte das unselige Ding längst verschwinden lassen können."

Pater Xavier stand auf und bat Wengler, ihm zu folgen. Sie verließen das Besprechungszimmer und wandten sich dem Teil des Hauses zu, in dem die privaten Räume des Priesters lagen. Pater Xavier öffnete eine Tür zu einem der von ihm nicht genutzten Räume und bedeutete Wengler, in das leere Zimmer einzutreten. Völlig leer war das Zimmer allerdings nicht. In der Mitte des Raumes stand auf dem Fußboden eine gut 20 Zentimeter große Keramikfigur eines Mannes in einem grünen Anzug. Auf dem Kopf trug die Figur einen grünen Zylinderhut mit roter Krempe. Die Füße steckten in nachgebildeten Turnschuhen. In der Hand hielt die Figur einen Spazierstock. Wengler trat näher, um sie zu betrachten. Erst jetzt fiel ihr auf, dass die Figur kein normales Gesicht hatte. Vielmehr grinste ihr ein Totenkopf entgegen.

„Was ist das denn?", entfuhr es Wengler.

„Das, Frau Wengler, ist Baron Samedi", erklärte Pater Xavier. „Baron Samedi ist im Voodoo-Kult ein Loa, ein mächtiger Vermittler zwischen Gott und den Menschen. Er gilt als Herr der Friedhöfe. Wenn man ein Grab öffnen möchte, um – nun, Gegenstände für kultische Handlungen zu entnehmen, muss man zuvor seine Erlaubnis einholen."

„Und wie kommt er in Ihre Wohnung?" Wengler bemühte sich, möglichst unverfänglich zu klingen.

„Ich weiß es nicht", antwortete Pater Xavier. „Ich habe ihn gestern nachmittag hier vorgefunden, als ich in dieses Zimmer gekommen bin, um einmal zu lüften. Aber, ich wiederhole mich, ich habe mit diesem ganzen Unsinn nichts zu tun. Ich bin katholischer Priester, kein Hexer und auch kein Mörder."

„Ich muss das alles jetzt erst einmal verdauen", sagte Wengler nach kurzer Pause. Sie fotografierte Baron Samedi mit ihrem Handy von allen Seiten, bat Pater Xavier dann, die Figur vorläufig stehen zu lassen, wo sie stand, und verabschiedete sich von ihm mit ein paar Worten, die aufmunternd klingen sollten.

Kapitel 7

Drei Tage später traf sich das „Team Wengler", wie sich die beteiligten Damen mittlerweile nannten, zu einem Austausch der Ermittlungsergebnisse im Haus von Dr. Stamm. Die Gastgeberin berichtete zunächst noch einmal ausführlich über ihren Besuch im Rechtsmedizinischen Institut. Sie hatte nicht nur die Anzahl und die genaue Lage der Stichverletzungen Seebergers in Erfahrung gebracht, sondern auch herausgefunden, dass der Kirchenpfleger innerhalb weniger Minuten verblutet sein musste. Dann erstattete Wengler Bericht über ihren Besuch bei Pater Xavier. Nach einigem Überlegen war sie zu dem Ergebnis gekommen, dass Pater Xavier wahrscheinlich die Wahrheit gesagt hatte. Mit Blick nicht zuletzt auf das unvermutete „Auftreten" von Baron Samedi folgte daraus dann allerdings logischerweise, dass ein anderer, mutmaßlich der Mörder, ganz bewusst die Spuren hinterlassen hatte, die auf eine Verbindung des Mordes an Herrn Seeberger mit dem

Voodoo-Kult hindeuteten. Wer um Himmels Willen mochte das sein und was war sein Motiv? Sollte Baron Samedi, der Herr der Friedhöfe und des Totenkults, möglicherweise ein Hinweis darauf sein, dass der Pfarrei noch grauenvollere Dinge bevorstanden? Der Voodoo-Kult war berühmt für seine Wiedergänger, die Zombies. Nicht auszudenken…

Die Freundinnen erschauderten angemessen. Doch die angenehme Atmosphäre im wohnlichen Heim von Dr. Stamm, begleitet von Kaffee und Kuchen, verscheuchte die morbiden Gedanken, die Wengler entwickelt hatte, schnell wieder ins Irreale.

Lena Seckendorff war nun mit ihrem Bericht an der Reihe. Sie hatte nicht ohne Absicht bis zuletzt gewartet. Als sich die Augen der beiden anderen erwartungsvoll auf sie richteten, seufzte sie. „Ich muss euch wohl enttäuschen. Meine Ermittlungen waren völlig unspannend und weitgehend ergebnislos. Der schriftliche Bericht von Herrn Seeberger hat auch nach zweiter Durchsicht keine Hinweise darauf erkennen lassen, dass uns der Kirchenpfleger in der Sitzung des Pfarrgemeinderates mit sensationellen Überraschungen hätte aufwarten wollen. Die vom Ordinariat geforderte Selbstbeteiligung für unser Bauvorhaben steht danach bereit. Auch die anderen Mitglieder der Kirchenverwaltung konnten kaum etwas Erhellendes beitragen. Die Beratungen in diesem Gremium waren kurz; das ganze Kollegium hat der Vorlage Herrn Seebergers einhellig zugestimmt. Zu bemerken wäre allenfalls, dass die für das Bauvorhaben gedachten Eigenmittel der Pfarrei in den letzten Monaten mehrfach umgeschichtet worden sind. Das hängt einmal damit zusammen, dass man wegen des bevorstehenden Abflusses der Mittel fällige Beträge nicht wieder langfristig angelegt, sondern nur noch kurzfristig als Festgelder oder sogar auf Girokonten geparkt hat, und zwar sukzessive in mehreren Tranchen. Hinzu kommt noch, dass die Pfarrei wegen der Negativzinsen, die viele Banken jetzt verlangen, Verhandlungen über Freibeträge führen musste. Das war nicht immer erfolgreich und hat sich überdies hingezogen. Im Ergebnis hat es dazu geführt, dass das Anlagevermögen der Pfarrei auf noch mehr verschiedene Konten aufgeteilt worden ist. Hier sind in einem Zeitraum von einigen Monaten diverse Transaktionen hin und her angefallen, die es selbst einer Frau vom Fach wie mir nicht einfach gemacht haben, einzelne Tranchen in ihrem Werdegang zu identifizieren und dabei den Überblick zu behalten. Ich habe das anhand der jeweiligen Belege, die man mir zur Verfügung gestellt hat, versucht und meine sagen zu können, dass alles in Ordnung ist. Die Hand dafür ins Feuer legen kann ich allerdings nicht. Man müsste, wenn man sich Gewissheit verschaffen wollte, einen Finanzstatus zu einem bestimmten Stichtag erstellen, der für alle Konten in gleicher Weise gilt. Ob die Banken bei so etwas mitspielen würden und was man uns gegebenenfalls dafür in Rechnung stellen würde, kann ich nicht sagen."

„Danke, liebe Lena", sagte Wengler. „Ich bin schwer beeindruckt von der Mühe, die du dir da gegeben hast und ich glaube, da sollten wir schon dran bleiben, auch wenn es momentan nicht so aussieht, als ob wir den Mörder auf diesem Weg entlarven könnten. Aber ich will das nicht allein entscheiden. Was meint ihr?"

Beide Freundinnen stimmten Wengler zu. Offenbar hatten sie Geschmack an der Detektivarbeit gefunden. Bisher war ja auch noch alles gut gegangen. Keine von ihnen war in Gefahr geraten. Allerdings wies Wengler schon vorsorglich daruf hin, dass sich dies schnell ändern könnte, wenn das Team dem Mörder zu nahe kommen sollte.

„Also", fasste Wengler am Ende der Diskussion zusammen, „es ist abgemacht. Du, Lena, kümmerst dich weiter um die Finanzen. Du bemühst dich um den von dir für erforderlich gehaltenen Finanzstatus. Sieh zu, wessen Zustimmung du dazu brauchst. Frag am besten einmal bei Herrn Putz nach. Wahrscheinlich musst du auch Frau Poltermeier einschalten. Und rede einmal mit unserem Architekten. Vielleicht hat der etwas mitbekommen. Schließlich sollte er mit Herrn Seeberger in engem Kontakt gestanden haben. Du, Michaela, sprichst mit Herrn Köferl, dem Kirchenmusiker. Versuche, ihn auszuhorchen, wie er zu

Herrn Seeberger gestanden hat. Hatte er wirklich ein Mordmotiv? Wo war er zum Zeitpunkt der Tat? Hat er ein Alibi? Ich kümmere mich weiter um die Voodoo-Spur. Dazu interviewe ich unseren Mesner, Herrn Mirkowski, und versuche herauszubekommen, wie Baron Samedi ins Pfarrhaus gelangt ist. Außerdem spreche ich mit der Kindergartenleiterin. In welchem Verhältnis hat sie zu Herrn Seeberger gestanden? Hat sie ein Alibi? Letzteres kläre ich nur der Vollständigkeit halber, denn nach meiner Erfahrung als Mordermittlerin vermute ich stark, dass der Mord an Herrn Seeberger so, wie er ausgeführt wurde, so geradezu bestialisch, nicht von einer Frau begangen worden ist.

Zwei Bemerkungen noch zum Schluss: Guckt auch ihr bei euren Ermittlungen, ob ihr über irgendeine Spur stolpert, die einen bzw. eine unserer Beteiligten mit dem Voodoo-Kult in Verbindung bringt. Ich kann mir zwar eigentlich nicht vorstellen, dass hier, in St. Oskar, ein Voodoo-Hexer sein Unwesen treibt. Aber wir müssen auch diese Spur ernst nehmen. Momentan ist sie unser konkretester Ansatz, den

Mord an Herrn Seeberger aufzuklären. Und ein Zweites noch, zur Info: Unsere tüchtige Polizei jagt, wie ich von ehemaligen Kollegen gehört habe, immer noch ergebnislos nach einem Junkie. Aus dieser Ecke haben wir weder Konkurrenz noch Hilfe zu erwarten. Also: Ans Werk!"

Kapitel 8

Luise Wengler eilte an ihr Telefon, das wie besessen klingelte. „Ja, ja, ich komme gleich", murmelte sie in den Raum hinein. Die letzten Tage waren wie im Flug vergangen. Private Verpflichtungen hatten ihre Aufmerksamkeit voll in Anspruch genommen. Sie war noch nicht dazu gekommen, den Mordfall Seeberger weiter zu verfolgen. „Hallo, Wengler, guten Morgen", meldete sie sich schließlich am Gerät.

„Guten Morgen, Luise, hier ist Lena", meldete sich Frau Seckendorff. „Ich wollte dir kurz einen Zwischenbericht geben. Ich habe jetzt die Bankunterlagen, die ich für den Finanzstatus brauche."

„Sehr gut", freute sich Wengler. „War es schwierig?"

„Ein bisschen schon", gab Seckendorff zu. „Frau Poltermeier hat nicht recht gezogen. Diese Kosten, hat sie gejammert. Aber Herr Putz hat mir geholfen, mich durchzusetzen,

obwohl auch das Phantom Bedenken geäußert haben soll. Dem Pfarrer waren die Kosten
nicht so wichtig. Aber er hat sich daran ge-
stört, dass eine Außenstehenden Einblick in
die aktuellen Finanzen der Pfarrei erhalten
soll. Herr Putz konnte das, wie er mir sagte,
ausräumen mit dem Argument, dass wir vom
Pfarrgemeinderat erstens nicht Außenstehen-
de seien und zweitens durch den schriftlichen
Bericht von Herrn Seeberger ohnehin schon
Einblick gewonnen hätten. Von den Banken
habe ich dann sehr schnell die nötigen Auszü-
ge erhalten. Für Geld tun wir alles, das ist dort
das Motto. Jetzt setze ich mich an die Auswer-
tung. Und morgen habe ich einen Termin mit
Herrrn Stavropoulos vereinbart. Ich komme
also gut voran."

Wengler bedankte sich wortreich. „Wir werden dann in unserer nächsten Gesprächsrun-
de deine Ergebnisse diskutieren können. Mir
gehen die Dinge derzeit leider nicht so flott
von der Hand. Bisher bin ich zu nichts gekommen. Aber morgen habe ich mich mit
Herrn Mirkowski verabredet. Mal sehen, ob
der Licht in die Angelegenheit bringen kann."

Am nächsten Morgen machte sich Wengler wie angekündigt auf den Weg zu Mirkowski. Da sie nahe dem Pfarrzentrum wohnte, waren es nur wenige Schritte, bis sie vor der Tür der Mesnerwohnung stand. Schon nach dem ersten Läuten öffnete Mirkowski und bat Wengler herein. Er wirkte dienstbeflissen, fast ein wenig aufgeregt. Offenbar hatte er mitbekommen, dass Wengler Ermittlungen im Auftrag der Pfarrleitung führte. Gleichwohl erwies sich seine Anhörung als nicht ergiebig. Von Voodoo wollte er noch nie etwas gehört haben; das Foto der Statuette von Baron Samedi sage ihm gar nichts. Er kenne die Figur nicht und wisse auch nicht, was sie bedeute und wie sie ins Pfarrhaus gelangt sei. Einen Schlüssel zum Pfarrhaus hätten er selbst, Pater Xavier und natürlich die Pfarrsekretärin, Frau Bast, die im Gebäude arbeite. Außerdem hätten wohl auch Pfarrer Hampel und Pastoralreferent Putz einen Schlüssel, möglicherweise auch Frau Poltermeier. Schließlich sei zu berücksichtigen, dass es jedenfalls zu den Bürozeiten der Pfarrsekretärin auch Parteiverkehr im Gebäude gebe. Da es sich beim Pfarrhaus der ursprünglichen Zweckbestimmung nach um ein Wohnhaus gehandelt habe, seien die heute dienstlich und privat genutzten Bereiche, wie Wengler sicher bemerkt habe, nicht voneinander abgeschottet. Jeder, der einen Termin bei der Pfarrsekretärin wahrnehme, habe damit letztlich auch Zutritt zu den anderen Räumen des Hauses. Dies sei misslich, aber ohne größere Umbaumaßnahmen nicht zu ändern. Die Sekretärin, Frau Bast, könne man mit einer Kontrolle der Besucher nicht betrauen; damit wäre sie überfordert.

Wengler bedankte sich bei Mirkowski, der sie daraufhin freundlich wieder verabschiedete. Nicht sehr erhellend, war ihr Fazit. Und doch blieben ihr Zweifel: War es möglich, dass ein Mensch hierzulande vom Voodoo-Kult noch nie gehört haben konnte? Wengler kam es vor, als habe Mirkowski sich mit seinen Ausführungen so weit wie irgendmöglich von den ganzen Vorfällen distanzieren wollen. Warum? War er doch irgendwie in die Sache verwickelt? Seufzend machte sich Wengler auf den Rückweg nach Hause.

Kapitel 9

Das „Team Wengler" saß wieder bei Kaffee und Kuchen zusammen. Diesmal hatten sich die drei Damen in der gemütlich eingerichteten Wohnung von Lena Seckendorff getroffen. Wie schon bei ihrem letzten Zusammentreffen erstattete zunächst Dr. Stamm Bericht. „Ich habe mich wie verabredet mit unserem Kirchenmusiker, Herrn Köferl, unterhalten. Er war zunächst sehr freundlich und zugänglich. Das hat sich allerdings schlagartig geändert, als ich auf mein Thema, seine Beziehung zu Herrn Seeberger zu sprechen gekommen bin. Man kann es klar und deutlich sagen: Er hat Herrn Seeberger wirklich gehasst. Er trägt Herrn Seeberger bis heute nach, dass dieser sich seinerzeit, als es um die Stelle des Kinderchorleiters bei uns ging, mit aller Macht gegen seine, Herrn Köferls, Anstellung ausgesprochen und diese letztlich dann auch verhindert hat. Warum in aller Welt hat er sich so eingespreizt, hat Herr Köferl geklagt. Herr Seeberger habe sich so aufgeführt, als ob er das zusätzliche Gehalt für ihn, Herrn Köferl, aus eigener Tasche hätte bezahlen müssen. Herr Seeberger sei ein Kunstbanause gewesen, der den Wert von Kirchenmusik auf einem Niveau, das er, Köferl, bieten könne, ganz einfach nicht zu schätzen gewusst habe. Man solle über Tote ja nichts Schlechtes sagen, aber im Falle des Herrn Seeberger falle ihm, Köferl, das sehr schwer. Ich habe ihn dann danach gefragt, wo er sich denn am Tattag gegen 20.00 Uhr aufgehalten habe. Herr Köferl hat angegeben, um diese Zeit mit seinem privat organisierten Chor - er habe sich ja nun einmal ein weiteres finanzielles Standbein schaffen müssen – im Münchener Westen, in der Himmelfahrtskirche, ein Konzert gegeben zu haben. Es seien bestimmt an die hundert Zuhörer anwesend gewesen, die wir gerne dazu befragen könnten. Ich habe daraufhin abgewiegelt und gemeint, dass das sicher nicht nötig sein werde. Ach ja, das Thema Voodoo habe ich auch noch kurz angesprochen. Herr Köferl kennt den Begriff, hat aber seiner Darstellung nach noch nie mit diesem Kult zu tun gehabt und hat auch keinen Einblick in Details des Kults. Was ein Loa ist, weiß er nicht, und auch mit einem Baron Samedi kann er nichts anfangen. Meine Fragen hierzu haben ihn ganz offensichtlich völlig überrascht. Ich halte seine Bekundungen für sehr glaubhaft."

„Vielen Dank, Michaela, das war dann wohl eindeutig. Herrn Köferl müssen wir, wie es scheint, von der Liste der Verdächtigen streichen", zog Wengler das Resümee. „Ich mache dann gleich selber weiter und berichte euch von meinem Gespräch mit Herrn Mirkowski." Wengler berichtete in aller Ausführlichkeit über ihr Gespräch und verschwieg auch ihre Zweifel nicht, die sie angesichts der Behauptung Mirkowskis befallen hatten, schon mit dem Begriff Voodoo nichts anfangen zu können. Dr. Stamm und Seckendorff wollten sich diesen Zweifeln aber nicht anschließen. Herr Mirkowski sei ein eher einfach strukturierter Mann und komme überdies aus einem streng katholisch geprägten Land, wo man sich mutmaßlich mit heidnischen Kulten schon aus Prinzip nicht näher befassen werde. Einig waren sich die Teammitglieder dagegen in der

Wertung, dass angesichts der gegebenen Zutrittsmöglichkeiten zum Pfarrhaus viele Personen in der Lage gewesen wären, die dort vorgefundene Voodoo-Figur aufzustellen. „Da kommen wir momentan nicht weiter", fasste Wengler zusammen.

Nun war Lena Seckendorff an der Reihe. Sie berichtete zunächst über ihre Untersuchungen betreffend das Finanzvermögen der Pfarrei. Sie hatte die neuen, ihr zur Verfügung gestellten Bankunterlagen mittlerweile ausgewertet. „Meine Lieben", fasste sie zusammen, „auch hier sind wir am Ende der Wegstrecke angelangt. Der Finanzstatus zum letzten Monatsende ergibt, dass das ursprünglich ausgewiesene Vermögen nach wie vor vorhanden ist. Da ist nichts verschwunden. Was immer Herr Seeberger uns in unserer Sitzung hat mitteilen wollen: In dem Punkt war eine Alarmmeldung nicht veranlasst. Niemand musste befürchten, von Herrn Seeberger hier geoutet zu werden."

Voller Enttäuschung nahmen die beiden Freundinnen dieses Ergebnis zur Kenntnis. Je ein Stück Sahnetorte musste daran glauben, um die Zuversicht in den Erfolg der gemeinsamen Ermittlungen wieder herzustellen. Dem Tortengenuss folgte dann noch der Bericht von Lena Seckendorf zu Ihrem Gespräch mit dem Architekten Stavropoulos. Dieser habe sich sehr erfreut gezeigt über das Interesse am Bauvorhaben der Pfarrei und sogleich dazu angesetzt, Seckendorff seine ganzen Pläne näher zu erläutern. Umso enttäuschter sei er gewesen, als Seckendorff ihm begreiflich gemacht habe, dass ihr Interesse im Kern eigentlich nur seiner Beziehung zu Herrn Seeberger gelte. Letztlich habe er sich aber damit abgefunden und bereitwillig auf ihre Fragen geantwortet. Zusammengefasst habe er angegeben, mit Herrn Seeberger immer gut ausgekommen zu sein. Der Kirchenpfleger habe seine Vorschläge bezüglich der Sanierungsmaßnahmen stets unterstützt und eigentlich von Anfang an zu erkennen gegeben, dass die Finanzierung des Eigenanteils an dem Vorhaben für die Pfarrei kein Problem sein werde. Bei seinem letzten Treffen mit Herrn Seeberger kurz vor der Tat habe dieser dann allerdings einen etwas bedrückten Eindruck gemacht. Er sei darauf zu sprechen gekommen, dass die Leiterin unseres Kindergartens, Frau Kammerloher, offenbar glaube, das Bauvorhaben als Wunschliste des Kindergartens an das Christkind nutzen zu können. Überdies habe er festgestellt, dass Frau Kammerloher schon im letzten Jahr massiv über ihre Verhältnisse gelebt habe. Die Abhebungen, mit denen den Belegen zufolge Mittel für den Kindergarten aktiviert worden seien, seien — unter uns gesagt, wie Herr Seeberger meinte — mit den Haushaltsansätzen nicht mehr in Deckung zu bringen. Er, Seeberger, werde jetzt dann gleich, wenn dieses Gespräch zu Ende sei, Frau Kammerloher aufsuchen, um das zu klären.

„Das ist immerhin ein neuer Ansatz", meinte Wengler erleichtert. „Ich bin bisher nicht dazugekommen, mit Frau Kammerloher zu sprechen und werde das morgen sofort nachholen. Gut, dass ich jetzt schon genau weiß, wo ich da einhaken kann. Ich hasse es, bei solchen Gesprächen immer nur auf den Busch zu klopfen. Aber eines noch: Hast du, Lena,

Herrn Stavropoulos wegen seines Alibis gefragt?"

„Nein, habe ich nicht. Er braucht kein Alibi, weil wir genau wissen, wo er zur Tatzeit war: Er ist dir gegenüber am Konferenztisch gesessen", antwortete Seckendorff mit leichtem Grinsen.

„Mein Gott ja, wie konnte ich das vergessen? Es war, scheint es, doch Zeit für mich, in den Ruhestand zu treten." Wengler war entsetzt über sich selbst.

„Macht doch nichts. Jeder macht Fehler, auch du, Luise." Seckendorff ließ einen Hauch klammheimlicher Freude erkennen. „Und ehe du nachfragst: Ich habe Herrn Stavropoulos auch auf das Thema Voodoo angesprochen. Er hat angegeben, den Kult dem Namen nach zu kennen. Näheres wisse er aber nicht bis auf die Tatsache, dass man den Kult mit den Zombies in Verbindung bringe. Er sei allerdings kein Freund der zahlreichen Filme, die zu diesem Thema gedreht worden seien. Es gebe wohl auch niemanden in der Pfarrei, der zum Thema Voodoo etwas sagen könne, ausgenommen vielleicht Pater Xavier. An den könne ich mich wenden. Natürlich war Herr Stavropoulos ein klein wenig neugierig, wie ich in Zusammenhang mit dem Tod von Herrn Seeberger auf das Thema Voodoo käme. Ich habe dazu aber keine weiteren Erklärungen abgegeben."

„Gut. Dann bleibt es dabei", stellte Wengler fest, „ich rede morgen mit Frau Kammerloher und dann sehen wir weiter. Vielleicht sollten wir doch die Hauptamtlichen stärker in unsere Untersuchung mit einbeziehen, und das nicht nur, weil und wenn wir Unterstützung brauchen. Ihr versteht, was ich meine. Will noch jemand das letzte Stück Torte?"

Kapitel 10

Luise Wengler und ihr Mann hatten gerade das gemeinsame Frühstück beendet, als es an der Tür klingelte. Peter Wengler öffnete. Vor der Tür stand, ersichtlich aufgeregt, Pastoralreferent Putz. „Guten Morgen, Herr Wengler! Könnte ich bitte Ihre Frau sprechen? Es ist dringend", fragte Putz.

„Natürlich," war die Antwort. „Kommen Sie doch kurz herein." Rückwärtsgewandt rief Peter Wengler in das Haus hinein: „Luise, kommst Du einmal?"

Luise Wengler kam herbei. „Herr Putz, guten Morgen! Was kann ich für Sie tun?"

„Frau Wengler, bitte begleiten Sie mich hinüber zum Pfarrsaal. Es ist schon wieder etwas ganz Schreckliches geschehen. Frau Kammerloher ist tot. Wir haben sie erhängt in der Garderobe des Pfarrsaals gefunden. Der Notarzt ist schon da, konnte aber nichts mehr für Frau Kammerloher tun. Die Polizei ist verständigt und wird jede Minute eintreffen. Ich bitte Sie eindringlich: Kommen Sie mit."

Gemeinsam eilten Putz und Wengler zum Pfarrsaal. Nahezu gleichzeitig traf auch die Polizei ein. Die Leiche von Frau Kammerloher lag auf dem Boden der Garderobe und war umringt von mehreren Erzieherinnen, die zum Teil hysterisch schluchzten. Borislav Mirkowski stand schweigend ebenfalls dabei. Kriminalhauptkommissar Beck bat die Kindergärtnerinnen zurückzutreten und fragte in die Runde: „Wer hat die Tote entdeckt?"

„Das war ich", antwortete Mirkowski. „Ich habe gerade meine Runde gedreht und wollte hier einmal nach dem Rechten sehen. Da habe ich sie gefunden, aufgehängt dort am Haken in der Mauer. Neben ihr hat der kleine Schemel gelegen, der jetzt noch da liegt, so als habe ihn Frau Kammerloher benutzt, um sich zu erhängen, und ihn dann dabei umgeworfen. Ich habe natürlich sofort den Strick durchgeschnitten, Frau Kammerloher auf den Boden gelegtund versucht, sie wieder zu beleben, habe aber keinen Erfolg gehabt. Frau

Bast, die Pfarrsekretärin, die zufällig gerade am Pfarrsaal vorbeigekommen ist, habe ich gebeten, Notarzt und Polizei zu verständigen. Aber auch der Notarzt, der gleich da war, hat Frau Kammerloher nicht mehr retten können."

„Weiß jemand, wie und wann Frau Kammerloher hierher gekommen ist? Hat jemand etwas beobachtet?", fragte Beck weiter.

Eine der Kindergärtnerinnen meldete sich. „Frau Kammerloher hat sich vor etwa einer Stunde aus dem Kindergarten verabschiedet mit der Bemerkung, sie habe kurz noch etwas mit Frau Poltermeier zu besprechen und werde in spätestens einer Stunde wieder zurück sein. Seither habe ich sie nicht mehr gesehen."

„Weiß sonst noch jemand was?", hakte Beck nach. „Gibt es einen Abschiedsbrief oder kann jemand etwas über Äußerungen der Verstorbenen berichten, die auf eine Selbsttötungsabsicht hindeuten?" Niemand meldete sich. „Na schön", meinte Beck und wandte sich an die ihn begleitenden Beamten, „sichern Sie die Spuren, machen Sie Fotos und sorgen Sie dafür, dass die Leiche ins Rechtsmedizinische Institut geschafft wird. Wir brauchen Angaben zum genauen Todeszeitpunkt und zur Todesursache. Haben wir es mit einem Selbstmord zu tun oder gibt es Anhaltspunkte für ein Tötungsdelikt? Ich selbst werde dann gleich noch mit Frau Poltermeier reden."

Schließlich wandte sich Beck an Putz, nachdem er Wengler mit einem kurzen Kopfnicken begrüßt hatte. „Herr Pastoralreferent Putz, wenn ich nicht irre? Sie sind der einzige Vertreter der Kirchenleitung, der hier anwesend ist? Ok, ich brauche noch den PC oder Laptop von Frau Kammerloher. Sie hatte doch sicher so ein Gerät? Vielleicht finden wir ja darauf irgendetwas Erhellendes."

Schweigend führte Putz den Polizeibeamten in den Kindergarten, dessen Räume gleich neben dem Pfarrsaal lagen. Wengler begleitete die beiden. Nachdem Beck den Laptop der Kindergartenleiterin sichergestellt hatte, sprach Wengler ihren ehemaligen Kollegen an. „Wie weit sind Sie denn mit der Mordsache Seeberger, Herr Beck? Kann ich Ihnen behilflich sein? Sie wissen, dass auch wir in der Pfarrei uns um Aufklärung der Tat bemüht haben."

Überraschenderweise reagierte Beck auf diesen Vorstoß nicht wie erwartet mit schroffer Ablehnung. „Ach, wissen Sie, Frau Wengler, ehrlich gesagt – wir drehen uns immer noch im Kreis. Die Junkie-Theorie wird allseits immer mehr in Zweifel gezogen. Wenn der Mord ein Fall von Beschaffungskriminalität gewesen wäre, wäre zu erwarten gewesen, dass wir irgendwo in einem Abfalleimer nahe dem Tatort die leere Geldbörse des Opfers finden. Gefunden haben wir aber nichts, obwohl wir eifrig gesucht haben. Weder eine Bankkarte noch das Handy des Ermordeten ist seit der Tat benutzt worden. Auch unsere Drogenfahnder haben uns nicht weiterhelfen können. Langsam sollten wir mit Ergebnissen rüberkommen, denn der Chef verliert seine Geduld mit uns. Was haben Sie denn an Land gezogen?"

Wengler berichtete darauf von den Ermittlungen ihres Teams. Beck zog zischend die Luft durch die Zähne, als Wengler ihm ausführlich die Voodoo-Spur darstellte und das Strickpüppchen übergab, das sie immer noch in ihrer Handtasche bei sich trug. „Und wo ist die Keramikfigur jetzt, dieser grüne Baron Samedi?", fragte Beck.

„So genau weiß ich das nicht", antwortete Wengler. „Ich hatte keine Handhabe, die Figur an mich zu nehmen. Vielleicht steht sie noch im Pfarrhaus. Immerhin habe ich sie aber fotografiert". Sie zeigte Beck die von ihr mit dem Handy gefertigten Fotos.

„Schicken Sie mir die Fotos bitte auf mein Diensthandy. Hier haben Sie die Nummer", bat Beck. Wengler kam dieser Bitte nach. „Danke, Frau Wengler", sagte Beck. „Vielleicht ist das die Lösung. Sie haben etwas gut bei mir."

Kapitel 11

Die Polizei war abgezogen. Wengler und Putz sahen sich an. „Was machen wir jetzt?", fragte Putz. „Die Sache eskaliert."

„Glauben Sie an einen Zusammenhang der beiden Todesfälle?", fragte Wengler zurück.

„Ich bin davon überzeugt", antwortete Putz. „Zwei unnatürliche Todesfälle in unserer Pfarrei, noch dazu in so kurzer Zeit – da muss es einen Zusammenhang geben. Wenn Frau Kammerloher sich selbst getötet hat, dann hatte sie mit dem Mord an Herrn Seeberger zu tun. Ein anderes Motiv scheidet für mich derzeit aus; es gibt nach meiner Kenntnis keinerlei Anhaltspunkte für eine schwere Krankeit, Depressionen oder etwas Ähnliches. Wenn es kein Selbstmord war, dann liegt es für mich nahe, dass der Mörder von Herrn Seeberger noch einmal zugeschlagen hat. Allerdings frage ich mich in diesem Fall: warum? Was hätte Frau Kammerloher enthüllen können, das den Täter hätte entlarven können? Oder wie sehen Sie das, Frau Wengler?"

„Ähnlich", gab Wengler zurück. „Was die Frage Selbstmord oder Mord betrifft, warten wir einfach die Ergebnisse der gerichtsmedizinischen Untersuchung ab. Beck hat gerade gesagt, er schulde mir etwas. Da wird er mir das Untersuchungsergebnis sicher nicht vorenthalten. Im Übrigen hat mein Team gerade noch einen Ermittlungsansatz erarbeitet, den ich gerne weiter verfolgen würde, bevor ich mich auf Spekulationen einlasse. Es geht um außerplanmäßige Ausgaben des Kindergartens im letzten Jahr. Leider können wir Frau Kammerloher dazu nicht mehr befragen. Aber vielleicht hilft es uns weiter, wenn wir uns die anderen Erzieherinnen einmal vornehmen. Am besten machen wir das gleich."

„Ich bin dabei", verkündete Putz.

Wengler und Putz hatten die Kindergärtnerinnen im verwaisten Dienstzimmer von Frau Kammerloher um sich versammelt. Beide versuchten zunächst, die jungen Damen wieder etwas zu beruhigen. Der Tod von Frau Kammerloher sorgte natürlich immer noch für Gesprächsbedarf.

„Meine Damen, ich bitte um Ruhe", rief Wengler schließlich zur Ordnung. „Herr Putz und ich wollen ergänzend zu den Fragen, die Sie der Polizei bereits beantwortet haben, noch ein paar Dinge klären. Es geht um das Verhältnis von Frau Kammerloher zu Herrn Seeberger. Hatten die beiden in letzter Zeit näheren Kontakt?"

Eine der Kindergärtnerinnen räusperte sich. „Ich glaube, dazu kann ich etwas sagen. Ich war einen Tag vor dem Tod von Herrn Seeberger Zeugin eines Anrufs von ihm bei Frau Kammerloher. Frau Kammerloher hat den Apparat auf Lautsprechen gestellt, so dass ich das Gespräch habe mitverfolgen können. Herr Seeberger hat Frau Kammerloher zuerst einmal heftige Vorwürfe gemacht wegen ihrer Vorschläge, den Kindergarten im Zuge der anstehenden Sanierung des Pfarrzentrums auszubauen. Er hat in diesem Zusammenhang wörtlich von einer Wunschliste an das Christkind gesprochen. Frau Kammerloher hat sich damit verteidigt, dass sie schließlich die Interessen des Kindergartens wahrzunehmen hätte. Wenn ihren Wünschen nicht entsprochen werden könnte, dann hätte sie das letztlich hinzunehmen. Herr Seeberger hat sich aber dadurch nicht von seinen Vorwürfen abbringen lassen. Er hat gesagt, der Kindergarten hätte außerdem die Haushaltsansätze im letzten Jahr kräftig überzogen. So ginge das nicht. Frau Kammerloher hat auf diesen Vorwurf ziemlich schmallippig reagiert und gesagt, sie wüsste von solchen Ausgaben nichts. Wenn Herr Seeberger da Klärungsbedarf sähe, sollte er sie doch in den nächsten Tagen einmal aufsuchen und ihr entsprechende Belege vorlegen. Das mache ich auch, hat Herr Seeberger darauf erwidert. Ich komme morgen bei Ihnen vorbei, noch vor der Sitzung des Pfarrgemeinderates. Dann hat er das Gespräch abrupt beendet."

„Ich kann dazu auch noch etwas beitragen", schaltete sich eine zweite Kindergärtnerin ein. „Rein zufällig bin ich am darauffolgenden Tag, es war glaube ich nachmittags, vor der Tür von Frau Kammerloher gestanden. Ich wollte klopfen und eintreten, um etwas mit ihr zu besprechen. Da habe ich laute Stimmen aus dem Zimmer gehört. Offenbar war Frau Kammerloher in einem Streitgespräch mit einem Herrn, wahrscheinlich Herrn Seeberger. Es ist um den Vorwurf gegangen, dass der Kindergarten im letzten Jahr über seine Verhältnisse gelebt haben soll. Frau Kammerloher hat versucht abzuwiegeln und, soweit ich das verstehen konnte, immer wieder gesagt, dass sie von Abhebungen für den Kindergarten, um die es dabei offenbar gegangen ist, nichts wüsste. Der Kindergarten hätte sich streng an das Budget gehalten und keine außerplanmäßigen Ausgaben vorgenommen. Weiter habe ich das Gespräch nicht verfolgt. Ich habe Frau Kammerloher in dieser Situation nicht stören wollen und bin gegangen."

„Weiß sonst noch jemand von Ihnen etwas über diese Geschichte?", fragte Wengler in die Runde. „Oder weiß jemand etwas darüber, was Frau Kammerloher zuletzt noch mit Frau Poltermeier besprechen wollte?" Die Reaktion war heftiges Kopfschütteln. Eine der Erzieherinnen stellte noch ergänzend fest, dass sie jedenfalls nichts davon mitbekommen habe, dass im letzten Jahr ungewöhnlich hohe Ausgaben getätigt worden seien. „Wir haben das beschafft, was wir immer beschaffen, gelegentlich etwas Spielzeug für die Kinder und so." Alle anderen Erzieherinnen stimmten dem zu.

„Was sollen wir davon halten?", meinte Wengler zu Putz, als beide wieder auf dem Kirchplatz vor dem Kindergarten standen. „Hat da jemand in die Kasse gegriffen? Und um welche Summen geht es? Sollte das wirklich das Mordmotiv sein? Ich kann das kaum glauben. Aber wir müssen dem nachgehen, denn einen anderen Ansatz sehe ich momentan nicht mehr. Ich werde unsere Finanzexpertin, Frau Seckendorff, bitten, die Ausgabenbelege des letzten Jahres für den Kindergarten einmal einzusehen."

„Das machen Sie", antwortete Putz. „Mir fällt sonst auch nichts ein. Ich gebe Frau Bast Bescheid, dass Frau Seckendorff auf sie zukommen wird. Im Übrigen wird Ihnen Herr Beck ja wohl noch mitteilen, was Frau Poltermeier zu der ganzen Angelegenheit zu sagen hat."

Kapitel 12

Das Wenglersche Telefon klingelte. Als Luise Wengler abhob, meldete sich Kriminalhauptkommissar Beck. „Guten Morgen, Frau Wengler! Ich habe gerade das Gutachten des Rechtsmedizinischen Instituts in Sachen Kammerloher hereinbekommen. Sind Sie interessiert?"

„Aber natürlich, Herr Beck, danke für Ihren Anruf", entgegnete Wengler. Sie war sehr erfreut, dass Beck selbst anrief und es ihr dadurch ersparte, als Bittstellerin aufzutreten.

„Also, Frau Wengler, dann teile ich Ihnen als Vertreterin der Pfarrei offiziell mit, dass wir von einem Tötungsdelikt ausgehen müssen." Beck wirkte jetzt ganz geschäftsmäßig. „Frau Kammerloher wurde betäubt, offenbar durch einen Schlag mit einem stumpfen Gegenstand, der von hinten geführt wurde. Sie hat ihren Angreifer nicht kommen sehen. Der Täter hat dann das noch betäubte Opfer gepackt, ihr einen Strick um den Hals gelegt und sie erhängt. Sie muss während dieser Prozedur ihr Bewusstsein wiedererlangt und noch versucht haben, sich zu wehren – ohne Erfolg. Immerhin konnten wir aber Hautpartikel unter ihren Fingernägeln sichern, die vom Täter stammen dürften. Damit wird ein DNA-Abgleich möglich sein. Endlich einmal etwas Handfestes!"

„Das ist ja großartig", jubelte Wengler. „Dann brauchen wir nur noch einen Verdächtigen, bei dem wir Proben zu Vergleichzwecken sicherstellen können."

„Nur noch ist gut, liebe Frau Wengler", wiegelte Beck ab. „Sie wissen selbst, dass das noch eine Menge Arbeit geben wird. Aber ein Anfang ist gemacht. Ich mache mich jetzt ans Werk. Also, machen Sie es gut, und viel Glück bei ihren weiteren detektivischen Bemühungen."

„Ach, Herr Beck, ein Anliegen hätte ich da noch", warf Wengler schnell ein. „Sie wollten doch mit Frau Poltermeier sprechen, um abzuklären, ob sie noch Kontakt mit Frau Kammerloher hatte. Was ist denn dabei herausgekommen?"

„Nicht viel", antwortete Beck. „Frau Polter-meier hat bestätigt, dass Frau Kammerloher sie kurz vor ihrem Tod um ein persönliches Gespräch gebeten hat. Sie, Frau Poltermeier, habe dann in ihrem Büro auf Frau Kammerlo-her gewartet, die aber nicht erschienen sei. Frau Poltermeier sagt, sie habe sich nichts dabei gedacht und erwartet, dass Frau Kam-merloher schon noch auf sie zukommen wer-de. Bei dem geplanten Gespräch habe es um die Renovierung des Kindergartens gehen sollen."

Sofort unterrichtete Wengler ihre Teammit-glieder und auch Putz von dem Gespräch mit Beck. Man war sich einig, dass man das weite-re Vorgehen in Sachen Kammerloher zunächst einmal der Polizei überlassen wollte, die an-scheinend einen guten Ansatz gefunden hat-te. Statt dessen beschloss das Team, weiter der Spur des Geldes in Sachen Seeberger zu folgen. Wengler bat Seckendorff, wie schon mit Putz besprochen, die Ausgabenbelege des Kindergartens für das letzte Jahr einmal unter die Lupe zu nehmen. Sobald das erledigt wäre, solle man sich wieder treffen und beraten, wie man weiter vorgehen könnte.

Kapitel 13

Ein weiteres Mal saß das „Team Wengler" bei Kaffee und Kuchen zusammen, diesmal erneut im Haus der Namensgeberin. Seckendorff hatte interessante Neuigkeiten: „Ich glaube, wir haben eine Spur. Die Liste der Ausgaben ist auf den ersten Blick zwar nicht weiter auffällig. Alle Entnahmen sind verzeichnet und belegt; nichts fehlt. Schaut man sich die Sache aber einmal genauer an, dann entdeckt man doch einige Merkwürdigkeiten. Die Ausgaben für den Kindergarten sind fast nie auf konkrete Anschaffungen bezogen gebucht. Es gibt nur Barabhebungen pauschaler Beträge von den Girokonten, nie mehr als 1.000 Euro auf einmal, die jeweils per Karte gezogen worden sind. Insgesamt summieren sich die fraglichen Abhebungen allerdings auf ein durchaus beachtliches Volumen von zirka 50.000 Euro. Es sind im Übrigen immer die gleiche Karten zum Einsatz gekommen. Und außerdem gibt es auch hier nie Belege über Anschaffungen, die mit dem Geld nachfolgend getätigt worden sind, sondern ausschließlich nicht unterzeichnete Eigenbelege. Meist ist nur vermerkt: Für Zwecke des Kindergartens.

Und jetzt haltet Euch fest: Wisst Ihr, wessen Karten bei diesen Transaktionen immer zum Einsatz gekommen sind? Man kann das leicht ermitteln, weil die Karten jeweils nummeriert und intern bestimmten Nutzern zugewiesen sind. Es waren immer die Karten von Herrn Pfarrer Hampel! Ich war dann auch nicht weiter erstaunt, als mir die Pfarrsekretärin auf Befragen erklärt hat, dass die Vermerke über die Zweckbestimmung der abgehobenen Gelder jeweils von ihr stammten. Pfarrer Hampel habe sie telefonisch vor etwa einem Jahr angewiesen, im Falle von Abhebungen durch ihn entsprechend zu verfahren, soweit er nicht im Einzelfall gegenteilige Anweisung gebe. Selbstverständlich sei sie nie in der Lage gewesen zu prüfen, für was das Geld tatsächlich ausgegeben worden sei."

„Das ist ein Hammer", rief Wengler, die wie Dr. Stamm den Ausführungen von Seckendorff mit offenem Mund gefolgt war. „Der

Pfarrer! Aber was steckt da noch dahinter? War es wirklich Pfarrer Hampel, der die Gelder veruntreut hat? Und war er es dann auch, der Herrn Seeberger umgebracht hat, um seine Machenschaften zu vertuschen? Herr Seeberger ist ihm ja wohl offensichtlich auf die Schliche gekommen, egal, ob er aus den Angaben von Frau Kammerloher schon die richtigen Schlüsse gezogen hat. Natürlich hat sich Herr Seeberger irgendwann auch einen Einblick in die Liste der Abhebungen verschafft; schließlich hat er ja festgestellt, dass Gelder in erheblichem Ausmaß auf den Kindergarten verbucht worden sind. Fraglich ist nur, ob er kurz vor seinem Tod noch auf den Gedanken gekommen ist, dass die Gelder veruntreut worden sind. Wahrscheinlich war es so, aber auch wenn nicht: Der Täter wollte vielleicht nicht riskieren, dass die ganze Sache auffliegt. Und Frau Kammerloher war ja, wenngleich ohne eigene Schuld, ebenso in die Sache verstrickt. Der Pfarrer wird doch nicht auch noch die Kindergartenleiterin... Nein, das kann doch nicht sein!"

„Gehen wir es in Ruhe an", riet Dr. Stamm. „Jetzt informieren wir erst einmal Herrn Putz darüber, was Lena da herausgefunden hat, und besprechen mit ihm, wie wir weitermachen sollen. Wenn wir gegen Pfarrer Hampel weiter ermitteln wollen, müssen wir ihn befragen. Vielleicht gibt es ja eine ganz harmlose Erklärung für die Abhebungen. Oder, weniger schön, Pfarrer Hampel hat die Gelder tatsächlich zweckentfremdet, aber immerhin für kirchliche Zwecke verbraucht. Oder, noch weniger schön, der Pfarrer hat das Geld für sich verbraucht, aber trotzdem nichts mit den Morden zu tun. Nichts davon ist ausgeschlossen. Luise, redest Du mit Herrn Putz?"

„Ja", sagte Wengler, „natürlich, das mache ich. Danke, Michaela, dass Du mich auf den Boden der Tatsachen zurückgeholt hast. Trotzdem: Die Sache nimmt eine Wendung, die mir nicht gefällt. Was glaubt Ihr, was die Presse aus so etwas machen würde? Ich lese vor meinem geistigen Auge schon die Schlagzeile: Der Mörder-Pfarrer von St. Oskar!"

Kurze Zeit später war Wengler bei Putz. Wie geplant berichtete sie ihm von den neuesten Ergebnissen, die die Ermittlungen ihres Teams zu Tage gefördert hatten. Der Pastoralreferent war entsetzt. Damit hatte er nicht gerechnet. Bevor er sich aber zum weiteren Vorgehen äußern konnte, klingelte das Telefon. Er entschuldigte sich bei Wengler und hob ab. „Ja, Frau Bast, ich grüße Sie. Was gibt es denn?", hörte Wengler. Dann blieb Putz stumm und nahm entgegen, was die Pfarrsekretärin ihm mitzuteilen hatte. Wengler bemerkte, dass er noch mehr als zuvor schon die Fassung verlor. Seine Gesprächsbeiträge bestanden nur aus Einwürfen wie „furchtbar", „entsetzlich" und Ähnlichem. Er beschloss das Gespräch mit den Worten: „Vielen Dank, Frau Bast. Das muss ich jetzt erst einmal sacken lassen."

Aufstöhnend ließ sich Putz in einen Sessel fallen. Dann wandte er sich wieder Wengler zu. „Was glauben Sie, was jetzt geschehen ist? Die Polizei hat Pater Xavier verhaftet und das Pfarrhaus durchsucht. Diese grüne Keramikfigur, Baron Samedi, von der Sie mir kürzlich erzählt haben, sollte sichergestellt werden. Man hat sie aber im Pfarrhaus nicht mehr vorgefunden, weil Pater Xavier sie Herrn Mirkowski zur Verwahrung übergeben hatte. Mirkowski hat sie dann der Polizei ausgehändigt. Alles ist in heller Aufregung. Presseanfragen sind bei Frau Bast und Frau Poltermeier aufgelaufen. Frau Bast fragt, was sie sagen soll. Pfarrer Hampel geht nicht an sein Telefon. Angeblich sind schon erste Meldungen im Netz. Der Voodoo-Priester oder der Hexer von St. Oskar, so wird Pater Xavier genannt. Ich muss mich jetzt darum kümmern. Ich kann Frau Bast und Frau Poltermeier damit nicht alleine lassen. Über die Ermittlungen in Sachen Pfarrer Hampel sprechen wir, wenn ich mit dieser anderen Geschichte fertig bin. Jetzt rufe ich erst einmal im Ordinariat an."

„Viel Glück", erwiderte Wengler und begab sich zur Wohnungstür. „Ich glaube, Beck liegt wieder einmal falsch. Aber das macht die Sache für Sie jetzt nicht einfacher."

Kapitel 14

Drei Tage waren vergangen, in denen die Pfarrei St. Oskar nicht mehr zur Ruhe gekommen war. Überall wimmelte es von Reportern. Presse, Funk und Fernsehen gaben sich ein Stelldichein. Jeder Funktionsträger der Pfarrei, ob ehrenamtlich oder hauptamtlich tätig, bekam ein Mikrofon unter die Nase gehalten, sobald er oder sie die Wohnung oder das Haus verließ. Nur wer darauf verzichtete und sich in seinem Heim verschanzte, wie Pfarrer Hampel das tat, konnte sich dem Tohuwabohu entziehen. Auch Luise Wengler war schon mehrfach um ein Interview gebeten worden, hielt sich aber mit Meinungsbekundungen zurück. Schließlich griff sie entgegen ihren Vorsätzen doch zum Telefon und erreichte schließlich Kriminalhauptkommissar Beck.

„Herr Beck, ich grüße Sie. Sie haben uns da etwas eingebrockt", begann sie das Gespräch. „Was um Himmels Willen hat sie dazu veranlasst, den armen Pater Xavier zu verhaften und dann auch noch die Voodoo-Geschichte unter das Volk zu bringen? Wir sind hier mittlerweile am Ende unserer Kräfte."

„Das glaube ich Ihnen durchaus. Es liegt aber nicht in meiner Macht, Ihnen da herauszuhelfen", entgegnete Beck. „Ich kenne die Journaille gut genug und habe oft am eigenen Leib erfahren, wie sie alle in die Mangel nehmen, von denen sie sich Auskünfte erhoffen. Und gleich vorab: Ich bin es nicht gewesen, der die Voodoo-Sache gestreut hat. Aber wir sind, wie Sie wissen, ein ziemlich großer, letztlich kaum kontrollierbarer Verein und die Presse hat ihre Informanten überall. Gibst du mir, so geb' ich dir, das ist das Leben. Natürlich ist das nicht legal, aber bisher hat es noch niemand geschafft, diese Praktiken zu beenden. Was Pater Xavier betrifft, so sind es, wie Sie sich gütigst in Erinnerung rufen wollen, Sie selbst gewesen, die mich auf diese Spur gesetzt hat. Es hat eigentlich auf der Hand gelegen, den Mord an Herrn Seeberger mit dem Voodoo-Kult in Verbindung zu bringen, und wenn man schon den Täter im Umfeld der Pfarrei vermuten will - Ihr Ansatz, Frau Wengler, zumindest ursprünglich nicht meiner - dann liegt es doch mehr als nahe, an Pater Xavier zu denken, der aus Haiti stammt, einem Zentrum des Voodoo-Kults, und der obendrein im Besitz dieser merkwürdigen grünen Statuette war, die wir jetzt konfisziert haben. Ich kenne außer Pater Xavier niemanden im Bekanntenkreis des Opfers, der mit Voodoo in Verbindung gebracht werden könnte, und Sie, Frau Wengler, müssen, wenn Sie ehrlich sind, zugeben, dass Sie auch niemanden kennen. Also, schauen wir einmal, was uns Pater Xavier in ein paar Tagen zu berichten haben wird. Haft macht gesprächig! Und natürlich weiß ich, dass unsere Indizienkette bisher ziemlich dünn ist. Sie ist sogar noch dünner, als Sie ahnen, denn ein DNA-Vergleich hat ergeben, dass wir Pater Xavier als Mörder von Frau Kammerloher wohl ausschließen können. Die unter den Fingernägeln des Opfers gesicherten DNA-Spuren stammen jedenfalls nicht von ihm. Aber was soll´s: Als Mörder von Herrn Seeberger kommt Pater Xavier in Betracht. Er hatte Mittel und Gelegenheit, wenn man an diesen Voodoo-Quatsch glaubt, und als Voodoo-Hexer vielleicht sogar ein Motiv, auch wenn wir es momentan noch nicht nachvollziehen können. Dem Staatsanwalt hat es jedenfalls genügt, einen Haftbefehl zu beantragen, und der Ermittlungsrichter hat ihn erlassen, weil auch er einen dringenden Tatverdacht bejaht. Was soll da ich als kleiner Polizeibeamter machen?"

„Nun machen Sie sich nicht kleiner, als Sie sind, Herr Beck", gab Wengler zurück. „Wir alle wissen, wie solche Haftbefehle zustandekommen. Wenn Sie die Sache dem Staatsanwalt nicht entsprechend präsentiert hätten, obwohl Pater Xavier ja eigentlich sogar ein Alibi hat, wäre der vermutlich nicht einmal auf den Gedanken gekommen, einen Haftbefehl zu beantragen, und wie lange sich der Richter mit einer Prüfung der Beweise aufgehalten hat, bevor er das vorgefertigte Dokument unterschrieben hat, darüber möchte ich gar nicht erst nachdenken. Aber sei's drum: Jetzt ist das Kind in den Brunnen gefallen und jetzt gilt es eben, die Ermittlungen sauber zu Ende zu bringen, damit die Wahrheit ans Licht kommt. Was immer ich dazu beitragen kann, werde ich gerne tun. Sie wissen ja, ich habe gewisse Einblicke in das Innenleben von St. Oskar und will Sie gerne unterstützen, wo immer Sie das haben wollen."

„Das Angebot nehme ich gerne an", meinte Beck. „Einstweilen wünsche ich Ihnen und Ihrer Pfarrei aber erst einmal viel Glück in der Auseinandersetzung mit dem erzbischöflichen Ordinariat. Da wir einiges auf Sie zukommen."

Was auf St. Oskar da zukam, das erfuhr Wengler wenig später von Pastoralreferent Putz, nachdem sie ihn über ihr Gespräch mit Beck informiert hatte. „Schön, die Polizei hat also nicht mehr in der Hand als das, was wir ohnehin schon wissen", resümierte Putz, „ja, im Gegenteil, in Sachen Kammerloher ist Pater Xavier sogar entlastet. Wenn es stimmt, dass die beiden Morde zusammenhängen, und davon gehe ich mehr als je zuvor aus, dann werden wir den armen Pater irgendwann frei bekommen. Aber momentan nützt uns das nichts. Das Ordinariat tobt. Der Kardinal ist besorgt wegen möglicher Vorhaltungen aus Rom. Dort zweifelt man ja schon seit längerem daran, dass die Kirche in Deutschland überhaupt noch katholisch genannt werden kann, und jetzt besteht auch noch der Verdacht, dass in unserer Pfarrei der Voodoo-Kult gepflegt wird. Sie werden uns noch alle exkommunizieren! Nein, im Ernst: Das Ordinariat schickt uns einen Weihbischof. Der soll in zwei Wochen einen Bittgottesdienst bei uns veranstalten und anschließend im Pfarrhaus und im Pfarrzentrum einen Großen Exorzismus durchführen."

„Die spinnen doch", entfuhr es Wengler, die kaum glauben konnte, was sie da hörte. „Das ist doch finsterstes Mittelalter! Werden wir selbst das Fernsehen einladen, die Veranstaltung zu übertragen, damit wir uns vollends lächerlich machen, oder übernimmt das das Ordinariat?"

„Mittelalter ist gut gesagt, Frau Wengler", erwiderte Putz. „Ich stimme Ihnen da völlig zu, aber Tatsache ist, dass der Exorzismus in der Theologie der katholischen Kirche nach wie vor seinen festen Platz hat. Ich verweise nur auf das Rituale Romanum von 1999. Ja, Sie hören recht, 1999, nicht 1399! Frau Wengler, das darf nicht geschehen! Wir müssen das mit allen Mitteln verhindern. Am besten wäre es, wir könnten die Morde noch vor der Veranstaltung aufklären und dem Ordinariat beweisen, dass ein Exorzismus hier nicht am Platz ist.

Apropos aufklären: Eine Information habe ich bei meinen Gesprächen mit dem Ordinariat noch sozusagen als windfall profit abgestaubt: Pfarrer Hampel ist im Ordinariat als Problemfall bekannt. Ganz im Vertrauen: er war früher einmal medikamentenabhängig, Beruhigungsmittel, Schmerzmittel und so weiter, Sie verstehen? Man hat ihn aus diesem Grund bereits aus seiner letzten Pfarrstelle abberufen und in ein kirchliches Zentrum geschickt, in dem er einen Entzug gemacht hat. Dann haben sie ihn auf die Pfarrstelle von St. Oskar gesetzt. So, wie er sich in den letzten Monaten hier verhalten hat, befürchte ich, dass er rückfällig geworden ist. Das könnte eine Erklärung auch für seine Rolle in der Kindergarten-Affäre sein. Wir müssen ihn zur Rede stellen. Ich habe für morgen Nachmittag einen Termin für ein Gespräch mit ihm vereinbart. Er hat überraschenderweise akzeptiert, Sie und mich in seinem Haus zu empfangen. Wir sehen uns also morgen!"

Kapitel 15

Neuer Tag, neues Glück, dachte Wengler, als sie sich, begleitet von Putz, dem Domizil von Pfarrer Hampel näherte. Noch immer lungerten einige Reporter vor dem Haus des Pfarrers herum, doch hatte das Interesse schon spürbar nachgelassen. Putz läutete. Die Tür ging einen Spalt auf und Pfarrer Hampel zog seine beiden Besucher nahezu gewaltsam in das Innere, um die Tür sofort wieder verschließen und verriegeln zu können. „Diese Bastarde", rief er mit Beben in der Stimme. „Ich traue mich schon seit Tagen nicht mehr aus dem Haus".

Im Wohnzimmer angekommen, bot der Pfarrer seinen Besuchern Platz an, räusperte sich und fragte, was er für sie tun könne. Putz berichtete zunächst von den Entwicklungen in Sachen Pater Xavier. Pfarrer Hampel war entsetzt über die Absicht des Ordinariats, einen Bittgottesdienst mit anschließendem Exorzismus in St. Oskar zu veranstalten. „In welchem

Licht stehen wir denn dann da?", meinte er schließlich nahezu vorwurfsvoll zu Putz.

„Oh, ich kann nichts dafür", wies dieser jede Verantwortung zurück. „Die Herren im Ordinariat meinten übrigens, dass Sie bei dem Bittgottesdienst konzelebrieren und den Bischof dann auch beim Großen Exorzismus unterstützen sollten."

„Ich?", jammerte Pfarrer Hampel erschrocken, „wieso denn ich? Ich denke nicht daran, ich bin krank. Schon jetzt fühle ich, wie das Fieber in mir hochsteigt."

„Beruhigen Sie sich, Herr Pfarrer", versuchte Putz abzuwiegeln, „noch sehen wir eine Chance, das Ganze zu vermeiden. Wir müssen ganz einfach noch vor dem Gottesdienst eine Lösung der beiden Mordfälle präsentieren, die die ganze Geschichte in einem neuen Licht erscheinen lässt. Aber dazu brauchen wir Ihre Hilfe, Herr Pfarrer."

„Ich helfe, wo ich kann", versprach dieser.

Putz und Wengler informierten Pfarrer Hampel hierauf vom Ergebnis ihrer bisherigen Ermittlungen. Zunächst hörte Pfarrer Hampel konzentriert und gefasst zu. Als allerdings die Abhebungen für den Kindergarten zur Sprache kamen, überkam ihn ersichtlich Unruhe. Wengler betonte, dass die abgehobenen Geldbeträge nach den übereinstimmenden Angaben der Kindergärtnerinnen nicht oder zumindest nicht in nennenswertem Umfang dem Kindergarten zugute gekommen waren. Und dann setzte Wengler den Schlusspunkt: „Die Abhebungen, Herr Pfarrer, sind mit Karten vorgenommen worden, die auf Sie ausgestellt sind."

„Auf mich? Das gibt es doch gar nicht! Ich habe solche Abhebungen nicht getätigt!" wies der Pfarrer zunächst einmal jede Verantwortung von sich. Wengler, aber auch Putz ließen ihn damit nicht davonkommen. Wie erkläre er sich in diesem Fall, so hielten beide ihm vor, dass seine Karten von den Banken registriert worden seien. Es gebe zwar keine Augenzeugen, aber einem Geldautomaten unterlaufe normalerweise keine Verwechslung. Müsse man wirklich noch einmal bei den Banken nachhaken?

„Nein, das ist wohl nicht nötig", meinte Pfarrer Hampel schließlich. „Ich kann letzten Endes nicht ausschließen, dass meine Karten benutzt worden sind. Aber ich war es nicht. Ich habe meine Karten immer wieder einmal den Mitarbeitern zur Verfügung gestellt, wenn Geld gebraucht wurde. Natürlich habe ich mir dann keine Belege vorlegen lassen. Die Pfarrsekretärin hat doch immer alles erfasst. Habe ich nicht auch Ihnen, Herr Putz, gelegentlich eine Karte gegeben?"

„Nein, Herr Pfarrer, da täuschen Sie sich. Mir haben Sie nie eine Karte gegeben und ich habe auch nie für die Pfarrei Geld besorgt. Das war und ist nicht meine Aufgabe", stellte Putz klar.

„Sind Sie sicher?" hakte Pfarrer Hampel nach. „Ich hätte geschworen, dass ich auch Ihnen ein paar Mal eine Karte überlassen habe. Aber wenn Sie sagen, dass das nicht richtig ist … Gut, vielleicht habe ich mich getäuscht."

„Können Sie sich noch an andere Personen erinnern, die für Sie Geld abgehoben haben?", fragte Wengler.

„Nein, jetzt bin ich ganz verunsichert. Ich will schließlich niemanden zu Unrecht belasten." Der Pfarrer zögerte. „Außerdem bin ich in letzter Zeit wirklich etwas vergesslich geworden. Hm - wenn ich so nachdenke, vielleicht habe ich Frau Kammerloher gelegentlich die eine oder andere Karte gegeben, das wäre ja naheliegend, wenn das Geld dem Kindergarten zufließen sollte. Oder Herrn Mirkowski? Bestimmt habe ich zuletzt auch Frau Poltermeier das eine oder andere Mal gebeten, Geld abzuheben." Pfarrer Hampel wirkte jetzt ratlos.

Wengler und Putz sahen sich an. Putz zuckte kaum erkennbar mit den Schultern. „Und ist es denn richtig, Herr Pfarrer", fragte Wengler dann noch, „dass Sie Frau Bast, die Pfarrsekretärin, angewiesen haben, alle Abhebungen mit Ihren Karten auf den Kindergarten zu buchen, wenn Sie nicht ausdrücklich etwas anderes anordnen würden?"

„Das kann schon sein", meinte der Pfarrer. „So genau erinnere ich mich aber auch daran nicht. Ist wohl auch schon etwas länger her, dass ich so etwas angeordnet haben könnte. Aber möglich, möglich ist es."

„Was war das denn?", fragte Wengler den Pastoralreferenten, als sie das Haus von Pfarrer Hampel wieder verlassen hatten. „Lügt er, mauert er oder hat er den Verstand verloren?"

„Ich glaube, er erinnert sich wirklich an viele Dinge nicht mehr", gab Putz zurück. „Vielleicht ist das die Folge seines Medikamentenkonsums. Möglicherweise will er aber auch jemanden schützen. Ich weiß es nicht. So kommen wir jedenfalls nicht weiter. Ich habe da aber noch eine Idee. Lassen Sie mich noch einmal mit dem Ordinariat telefonieren! Über Pfarrer Hampel selbst habe ich ja doch einiges erfahren können. Vielleicht gibt es noch mehr Informationen, über ihn oder über andere Mitarbeiter. Ich versuche es einmal. Übrigens, wenn Sie auch zu meiner Person Ermittlungen anstellen wollen – ich bin gerne bereit, das Ordinariat zu Auskünften zu ermächtigen."

„Das wird nicht nötig sein, Herr Putz", meinte Wengler. „Sie haben mich schließlich gebeten, die Ermittlungen zu führen, die uns hierher gebracht haben. Das hätten Sie kaum getan, wenn Sie der Täter wären oder zumindest hätten fürchten müssen, dass ich im Rahmen der Ermittlungen Dinge enthüllen könnte, die Sie selbst in schlechtem Licht erscheinen ließen. Nein, lassen wir die Ermittlungen nicht ausufern. Dazu haben wir keine Zeit. Konzentrieren wir uns auf den Kreis der Personen, mit denen Pfarrer Hampel in engerem Kontakt stand – und Sie lassen wir dabei außen vor!"

Kapitel 16

Einige Tage waren vergangen. Putz hatte sich nicht mehr bei Wengler gemeldet. Als sie versuchte, ihn telefonisch zu erreichen, hieß es, er habe sich nach einem Gespräch im Ordinariat einige Tage frei genommen und sei verreist. Anrufe auf seinem Handy nehme er nicht entgegen.

Wengler war irritiert. Dennoch wurde es langsam Zeit, die Mitglieder des Teams wieder einmal zusammenzurufen. Man traf sich bei Dr. Stamm zu einem Fünfuhr-Tee mit Sandwiches und Scones mit Clotted Cream. Natürlich wussten alle Teammitglieder Bescheid über die Verhaftung von Pater Xavier. Auch Dr. Stamm und Lena Seckendorff hatten alle Mühe gehabt, sich den Nachstellungen diverser Reporter zu entziehen. Wengler berichtete von ihren Gesprächen mit Kriminalhauptkommissar Beck, mit Putz und mit Pfarrer Hampel. Im Team machte sich eine gewisse Ratlosigkeit breit. Niemand glaubte, dass Pater Xavier sich letzten Endes als Mörder von

Herrn Seeberger erweisen würde, aber auch Pfarrer Hampel schien als Mörder nicht überzeugend, obwohl seine Einlassungen bezüglich der Kontoabhebungen nicht besonders glaubhaft wirkten. Lena Seckendorff erwähnte in diesem Zusammenhang allerdings, sie habe vor kurzem zufällig noch einmal mit Herrn Stavropoulos, dem Architekten, gesprochen. Natürlich sei es wieder um die Morde und sein letztes Zusammentreffen mit Herrn Seeberger gegangen. Herr Stavropoulos habe bei diesem Gespräch erwähnt, er habe nach der Unterhaltung mit Herrn Seeberger, aber noch vor der dann geplatzten Sitzung des Pfarrgemeinderates noch einmal mit Pfarrer Hampel telefoniert, weil er sich sicher sein wollte, dass die Vermutung Seebergers, für den Kindergarten sei entgegen den Vorgaben zu viel Geld ausgegeben worden, ohne Einfluss auf die geplanten Baumaßnahmen bleiben würde. Pfarrer Hampel habe ihm dies versichert. „Der Pfarrer wusste also schon vor der Sitzung, dass es da Probleme gab. Wenn er es war, der die Abhebungen von den Pfarreikonten vorgenommen hat, hätte er ein Motiv gehabt,

Herrn Seeberger zu stoppen", schlussfolgerte Seckendorff.

„Das ist wahr", räumte Wengler ein. „Aber erstens sind wir nicht sicher, ob es wirklich der Pfarrer war, der hier Geld veruntreut hat, und zweitens bleibt immer noch die Frage, ob wir wirklich davon ausgehen wollen, dass uns die Veruntreuung der Gelder als Mordmotiv ausreicht. Müssten wir da nicht noch mehr finden? Aber was? Und dann kommt drittens auch noch hinzu, dass der Pfarrer für den Zeitpunkt des Mordes an Herrn Seeberger ja wohl ein Alibi hat: Er ist zusammen mit Frau Poltermeier zur Sitzung des Pfarrgemeinderats gegangen und war dann die ganze Zeit im Besprechungsraum, bis wir angefangen haben, nach Herrn Seeberger zu suchen. Das kann ich selbst bezeugen. Letztlich haben wir dann auch noch den Mord an Frau Kammerloher. Soll das auch Pfarrer Hampel gewesen sein?"

Hier schaltete sich Dr. Stamm ein. „Zum Mordfall Kammerloher habe ich noch ein wenig zu recherchieren versucht. Ich bin aber nicht weit gekommen. Ich habe noch einmal mit den Kindergärtnerinnen und mit Herrn Mirkowski gesprochen. Niemand kann etwas dazu sagen, was Frau Kammerloher etwa noch erledigen wollte, als sie sich im Kindergarten abmeldete, um mit Frau Poltermeier zu sprechen. Als Herr Mirkowski sie dann gefunden hat, im Garderobenbereich des Pfarrsaals, hat er ebenfalls nichts beobachtet, was Schlussfolgerungen darauf zuließe, mit wem Frau Kammerloher dort zusammengetroffen ist. Es gibt einfach nichts, nichts, was uns weiterhelfen würde."

„So bleibt uns also nichts anderes übrig, als abzuwarten, bis sich Herr Putz wieder meldet oder die Polizei zu neuen Erkenntnissen gelangt", verkündete Wengler als Ergebnis der Besprechung. „Letzteres schließe ich nahezu aus. Apropos abwarten: Langsam läuft uns natürlich die Zeit davon. Gibt es nach euren Informationen schon Näheres zur Gestaltung des Bittgottesdienstes mit dem Bischof?"

Diese Frage verneinten Dr. Stamm und auch Lena Seckendorff. Übereinstimmend war man der Meinung, dass ohne Herrn Putz hier wohl auch keine Entscheidungen getroffen würden. „Das wird knapp", meinte Dr. Stamm. „Ich jedenfalls werde nicht das Rauchfass schwingen, wenn der Bischof unser Pfarrzentrum ausräuchern will." Allseitiges Gelächter begleitete den Übergang der Besprechung zum geselligen Teil.

Kapitel 17

In drei Tagen sollte das Großereignis stattfinden, der Bittgottesdienst mit anschließendem Großen Exorzismus. Dieser sollte, wie das Ordinariat betont hatte, nicht etwa dem Zweck dienen, böse Mächte aus den Katholiken von St. Oskar auszutreiben, sondern einer geistigen Reinigung des Pfarrzentrums, das durch die dort vorgefundene Figur einer heidnischen Gottheit entweiht worden sei. Wengler bezweifelte aber stark, dass das in den Augen der Öffentlichkeit, der Presse zumal, die Sache weniger brisant gestalten würde. Zahlreiche Anfragen verschiedener Medienvertreter aus dem In- und Ausland waren schon im Pfarrbüro eingegangen. Zuletzt hatte sich sogar ein Korrespondent der New York Times gemeldet, der über die Veranstaltung berichten wollte. Wenn das vorbei ist, können wir uns nur noch in ein Mauseloch verkriechen, dachte Wengler. Ehemann Peter hatte sie schon einmal ganz beiläufig gefragt, ob sie ihre Mitgliedschaft im Pfarrgemeinderat von St. Oskar nicht einfach niederlegen wolle. „Natürlich nicht", hatte Wengler geantwortet. „Ich stehe zu meiner Verantwortung."

Zur Vorbereitung des Bittgottesdienstes hatte das Phantom noch für diesen Abend um 19.30 Uhr zu einer Vollversammlung aller in der Pfarrei Verantwortlichen in den großen Pfarrsaal von St. Oskar eingeladen. Adressaten der Einladung waren alle hauptamtlichen und ehrenamtlichen Mitarbeiter der Pfarrei, auch der Kirchenmusiker, der Mesner und die Pfarrsekretärin, wie Wengler feststellen konnte. Und natürlich sollten auch alle Mitglieder des Pfarrgemeinderates und der Kirchenverwaltung mit dabei sein. Wengler sah der Versammlung mit wenig Begeisterung entgegen. Das Ganze konnte nur in einer Katastrophe enden.

Aus ihren trüben Gedanken riss Wengler das Telefon. „Putz hier, grüß Gott, Frau Wengler! Ich bin wieder da. Und ich habe einiges mitgebracht. Wenn ich richtig liege, können wir den ganzen Fall jetzt möglicherweise lösen."

„Was? Das ist ja fantastisch! Sagen Sie mir: Wer ist es gewesen? Und wo waren Sie eigentlich?" Wengler war ganz außer sich.

„Nur immer langsam", meinte Putz lachend. „Jetzt kommt es nicht mehr auf die Minute an. Ich war in einem kleinen Dorf bei Bamberg und habe dort einen interessanten Menschen getroffen, auf den mich das Ordinariat freundlicherweise aufmerksam gemach hat, einen Mann, der mir, als er seine anfängliche Scheu abgelegt hat, viel zu erzählen hatte. Ich schlage vor, wir treffen uns noch heute, Sie, Ihr Team und ich. Dann präsentiere ich Ihnen, was ich herausbekommen habe, und Sie sagen mir, ob das reicht. Denn eines muss ich jetzt schon vorwegnehmen: Den rauchenden Colt habe ich nicht gefunden. Es wird ein Puzzlespiel. Aber, wie gesagt, meines Erachtens könnte es genügen."

„Dann treffen wir uns heute um 17.00 Uhr bei mir", schlug Wengler vor.

„Das passt prima, denn um 19.30 Uhr beginnt ja die große Versammlung im Pfarrsaal. Thema der Veranstaltung ist offiziell die Organisation des geplanten Bittgottesdienstes. Aber wenn alles so läuft, wie ich mir das vorstelle, dann werden wir die Veranstaltung ein wenig umfunktionieren. Dann wird Tagesordungspunkt eins lauten: Frau Wengler und ihr Team entlarven den Mörder von St. Oskar."

„Mir läuft es kalt den Rücken hinunter", seufzte Wengler. „Aber ja, so machen wir es. Ich komme mir schon vor wie Hercule Poirot persönlich. Vor der Show kommt allerdings erst einmal die Arbeit. Wir treffen uns also um 17.00 Uhr bei mir. Mein Team werde ich verständigen. Und wenn unsere Vorbesprechung Ihre Einschätzung bestätigt, dann werde ich Herrn Beck zur Sitzung einladen und ihn bitten, ein paar uniformierte Kollegen mit Handschellen mitzubringen."

Kapitel 18

Langsam füllte sich der Pfarrsaal. Mirkowski war noch dabei, letzte Tische und Stühle aufzustellen. Auf einem Tisch in der Ecke hatte er eine Kaffeemaschine aufgebaut, mit deren Hilfe er die Sitzungsteilnehmer ebenso wie sich selbst heute mit dem Heißgetränk versorgen wollte. Daneben gab es Wasser, Limonaden und andere nichtalkoholische Getränke. Entprechende Gläser standen bereits auf den Tischen, ebenso die Kaffeetassen, Zucker und Sahne sowie diverses Knabbergebäck.

Der Reihe nach trafen jetzt die Hauptpersonen ein, der Pfarrer und die Verwaltungsleiterin, der Kirchenmusiker und der gerade erst gewählte neue Kirchenpfleger, bisher einfaches Mitglied der Kirchenverwaltung. Pastoralreferent Putz betrat den Saal nicht zusammen mit dem Pfarrer, sondern zusammen mit dem „Team Wengler", setzte sich dann aber nicht neben Wengler, sondern neben seinen Vorgesetzten.

Pünktlich um 19.30 Uhr erklärte der Pfarrer die Sitzung für eröffnet und begrüßte die Versammlungsteilnehmer. Alle Augen waren auf ihn gerichtet. Plötzlich ertönte aus dem Hintergrund ein lautes Röcheln. Die Anwesenden blickten um sich und entdeckten sehr schnell, woher das Geräusch kam: Mirkowski griff sich stöhnend, von Krämpfen geschüttelt an den Hals, taumelte, übergab sich und fiel zu Boden. Dr. Stamm stürzte sofort auf ihn zu, schlug ihn mit beiden Händen ins Gesicht, konnte ihm aber kein Lebenszeichen mehr entlocken. „Er ist tot", erklärte sie nach kurzer Untersuchung. Dann runzelte sie die Stirn und roch an dem Toten. „Bittermandelgeruch! Zyankali! Ich kann mich irren, aber ich bin überzeugt: Herr Mirkowski ist soeben vergiftet worden!"

Nach diesen Worten von Dr. Stamm brach ein Tumult im Saal aus. Viele Versammlungsteilnehmer sprangen auf und redeten wild auf ihre Nachbarn ein. Man verstand kaum noch sein eigenes Wort. Pfarrer Hampel war in seinem Stuhl zusammengesunken und murmelte vor sich hin. „Oh Gott, oh Gott, das auch noch", vermeinten die neben ihm Platzierten zu hören. Frau Poltermeier war ebenfalls aufgesprungen. Sie eilte zum Pfarrer und sprach begütigend auf ihn ein. Ein Mitglied des Pfarrgemeinderates, der Leiter des Seniorenclubs, stürzte auf Putz zu und hielt ihm einen Vortrag über seine Verpflichtung, jetzt umgehend die Polizei zu verständigen. Putz wollte gerade dazu ansetzen, dem Mann begreiflich zu machen, dass dies nicht erforderlich wäre, weil die Polizei ohnehin jeden Moment erscheinen werde, als sich auch schon die Türe des Pfarrsaals öffnete. Herein kam Kriminalhauptkommissar Beck in Begleitung zweier uniformierter Beamter.

„Was ist denn hier los?", rief er überrascht in Richtung von Luise Wengler, die sich ihm sofort zugewandt hatte.

„Wir haben noch einen Toten, Herrn Mirkowski, unseren Mesner", antwortete Wengler mit lauter Stimme, um sich gegen den hohen Geräuschpegel im Saal durchsetzen zu können. „Bitte, meine Damen und Herren, beruhigen Sie sich", rief Sie dann in den Saal gewandt. „Nehmen Sie wieder Platz. Die Polizei ist hier. Befolgen Sie die Anordnungen der Polizei!"

Wieder zu Beck gewandt, informierte sie den Beamten kurz über das, was geschehen war, insbesondere auch darüber, dass Dr. Stamm bei einer ersten Untersuchung des Toten eine Vergiftung mit Zyankali diagnostiziert hatte. Sofort postierte Beck die beiden Beamten, die er mitgebracht hatte, an der Saaltür, schärfte ihnen ein, dass niemand jetzt bis auf Weiteres den Saal betreten oder verlassen dürfe und forderte dann die Versammlungsteilnehmer seinerseits noch einmal eindringlich dazu auf, Ruhe zu bewahren. Dann warf er einen Blick auf die Leiche Mirkowskis. „Ich dachte ja nach unserem letzten Gespräch, ich bräuchte nur hier zu erscheinen, um einen von ihnen überführten Mörder in Gewahrsam zu nehmen", raunte er Wengler zu, die jetzt neben ihm stand. „Da ist wohl etwas schief gelaufen?"

„Ich gebe zu, so hatte ich mir das nicht vorgestellt", gab Wengler zurück. „Aber mein Plan steht nach wie vor. Lassen Sie mir ein paar

Minuten freie Hand. Dann können Sie den Täter beziehungsweise die Täterin abführen — und damit meine ich die Person, die für alle drei Morde verantwortlich ist, für den Mord an Herrn Seeberger, für den Mord an Frau Kammerloher und für den Mord an Herrn Mirkowski!"

„Sie haben einen Versuch frei, Frau Wengler", meinte Beck nach kurzem Überlegen. „Verfahren Sie so, wie wir es ursprünglich vereinbart hatten. Wenn es nicht klappt, werde ich den Fall mit meinen Methoden aufrollen. Man wird sich dann auf eine härtere Gangart einstellen müssen. Immerhin ist wohl klar, dass der Mörder von Herrn Mirkowski sich noch hier im Saal befindet. Und diesen Saal wird er nicht als freier Mann wieder verlassen!"

Kapitel 19

„Meine Damen und Herren, danke, dass Sie wieder Platz genommen haben", wandte sich Wengler erneut an die Versammlungsteilnehmer. „Ich darf Sie um Ihre Aufmerksamkeit bitten. In Absprache mit der Polizei werde ich jetzt die Person entlarven, die für die Morde hier in St. Oskar verantwortlich ist, und zwar für alle drei Morde einschließlich der Tat, deren Zeugen wir soeben geworden sind. Bevor ich beginne, möchte ich aber noch einen Appell an den Täter beziehungsweise an die Täterin richten: Stellen Sie sich jetzt selbst! Ersparen Sie mir und sich, dass ich hier vor allen anderen eine Geschichte enthülle, die Sie vermutlich nicht in die Öffentlichkeit getragen wissen wollen. Wollen Sie es mir und sich selbst nicht leichter machen?" Wengler blickte um sich, konnte aber bei niemandem eine Reaktion feststellen. Pfarrer Hampel murmelte immer noch leise vor sich hin.

„Na schön", fuhr Wengler fort. „Fangen wir an! Unsere Geschichte   beginnt vor vielen

Jahren. Und sie beginnt nicht hier in München, sondern in einer Marktgemeinde bei Passau. Für das Protokoll sozusagen darf ich noch anmerken, dass dieser Teil meiner Geschichte gesichert ist durch die Aussage eines glaubwürdigen Zeugen, eines katholischen Priesters, der mittlerweile eine Pfarrstelle in einem kleinen Dorf bei Bamberg innehat. Herr Putz, unser Pastoralreferent, hat sich vor wenigen Tagen mit dem Zeugen getroffen und seine Aussage entgegengenommen.

Vor vielen Jahren also amtierte in einer Marktgemeinde bei Passau ein jungen Priester als Pfarrer. Es war seine erste Pfarrstelle, und der Priester war sehr ambitioniert, alles richtig zu machen und die Herzen der ihm anvertrauten Gemeinde zu gewinnen. Er hatte bald großen Erfolg und war allseits beliebt, denn er war kontaktfreudig, empathisch und verfügte zudem über das Organisationstalent, das nötig war, um seine Aufgaben bewältigen zu können. Unterstützt wurde der junge Pfarrer von einem jungen Mesner, der aus Polen stammte und der für seinen Chef durch das

Feuer gegangen wäre. Dieser Mesner hieß Borislav Mirkowski.

Mit der Zeit nahm die Arbeit in der Pfarrei immer mehr zu. Eine Pfarrbücherei wurde ins Leben gerufen, ein Seniorenclub entstand, diverse Gesprächsrunden für Alt und Jung bedurften der Betreuung. Der Pfarrer bat im Ordinariat um Hilfe. Zu seiner nicht geringen Überraschung meldete sich nur wenige Wochen später eine junge Dame, die ihm als Sekretärin zur Hand gehen sollte. Der Pfarrer fand Gefallen an dieser Lösung, und so arbeiteten Pfarrer, Sekretärin und Mesner bald gemeinsam am weiteren Gedeihen der Pfarrei.

Nun kam es, wie es immer wieder passiert: Pfarrer und Sekretärin fanden auch privat immer näher zusammen. Sie begannen ein Verhältnis miteinander, zunächst klammheimlich, später aber immer offener, da sich in der Pfarrei niemand daran zu stören schien. Gelegentlich wurde an den Stammtischen des Marktes zwar über die hochwürdige Frau Pfarrerin gewitzelt, doch letztlich nahm niemand Anstoß. Der Pfarrer und seine Lebensgefährtin, wie man die Sekretärin mittlerweile bezeichnen konnte, agierten immer unbesorgter. Sie fuhren sogar zusammen in den Urlaub. Schließlich realisierten die beiden einen gemeinsamen Lebenstraum: eine Reise mit dem Auto durch die Südstaaten der USA. Auf diese Reise werde ich später in anderem Zusammenhang noch zu sprechen kommen. Auf dieser Reise jedenfalls kam es zu ersten ernsthaften Missstimmigkeiten zwischen dem Pfarrer und seiner Gefährtin. Zunächst hatte dies keine weiteren Folgen. Dann aber überstürzten sich die Ereignisse: Ein Mitglied der Gemeinde, eine ältere Dame, war vom Pfarrer enttäuscht worden. Sie begann, Material über ihn und seine Lebensführung zu sammeln und beschwerte sich schließlich beim Bischof über den lasterhaften Priester, der ganz offen mit einer Frau zusammenlebte.

Der Bischof setzte eine Visite an, kam persönlich in die Marktgemeinde und konfrontierte den Pfarrer mit den gegen ihn erhobenen Vorwürfen. Dem Pfarrer blieb nichts anderes übrig, als ein volles Geständnis abzulegen.

Wie er denn diese Lebensführung mit dem Zölibat in Einklang gebracht habe, wollte der Bischof schließlich wissen. Der Pfarrer wusste sich nicht anders zu helfen und flüchtete sich in einen Scherz: Von diesem Privileg, Exzellenz, so antwortete er, habe ich nie Gebrauch gemacht. Der Bischof hatte Humor und lachte, wurde dann aber wieder ernst. Er gebot dem Pfarrer, das Verhältnis mit seiner Sekretärin sofort zu beenden. Man werde ihn in eine andere Diözese versetzen, wo er eine neue Pfarrstelle übernehmen könne. Für die Sekretärin werde gesorgt. Nach einigem Überlegen und einem langen Gespräch mit seiner bisherigen Gefährtin willigte der Pfarrer ein, zumal er sich selbst eingestehen musste, dass er ihr so, wie sie sich in den USA verhalten hatte, ganz einfach nicht mehr wie früher grenzenloses Vertrauen entgegenbringen konnte. Der Pfarrer wurde schließlich in den Bereich des Erzbistums Bamberg versetzt und wirkt seither dort als Landpfarrer. Seine frühere Gefährtin hat er nie wieder gesehen.

Entlassen wurde auch der Mesner Mirkowski, der sich keiner Schuld bewusst war. Man wollte eben klare Verhältnisse schaffen. Immerhin war man ihm bei der Suche nach einer neuen Stelle behilflich. Zufällig wurde gerade in einer kleinen Pfarrei im Münchener Süden, in St. Oskar, ein neuer Mesner gesucht. Mirkowski bewarb sich und wurde genommen.

Schwieriger gestalteten sich die Verhandlungen mit der zweiten Hauptperson der Affäre, der Pfarrsekretärin. Diese zeigte sich äußerst erbost darüber, dass sie ihr bisheriges Leben aufgeben und einen Neuanfang wagen sollte. Es bedurfte langer Gespräche und auch gehörigen Drucks, bis sie sich schließlich notgedrungen mit einer ihr angebotenen Lösung einverstanden erklärte: Sie erhielt eine Abfindung von einigen tausend Euro, unterzeichnete eine Verschwiegenheitsvereinbarung, die mit einer hohen Vertragsstrafe bewehrt war, und bekam auf Vermittlung des Bischofs eine neue Stelle. Sie wurde Verwaltungsleiterin der Münchner Pfarrei St. Oskar. Ihr Name ist Tamara Poltermeier."

Ein Raunen ging durch den Saal. Lediglich Frau Poltermeier zeigte sich unbeeindruckt, so, als ob das alles sie überhaupt nichts anginge. Vorsichtig tupfte sie sich den Mund mit einer Serviette ab.

Kapitel 20

„So, meine Damen und Herren", fuhr Wengler fort, „das war der Teil der Geschichte, der durch die Aussage des früheren Lebensgefährten von Frau Poltermeier abgesichert ist. Jetzt kommt der schwierigere zweite Teil, der auf einer Vielzahl von Indizien beruht. Nicht alles, was ich im folgenden erzähle, wird in allen Details stimmen. Aber die wesentlichen, die Eckpunkte, sind gesicherte Fakten.

Sicher scheint mir in jedem Fall, dass Frau Poltermeier mit einem Herzen voll Hass hier in München ankam: Hass auf ihren früheren Lebensgefährten, der sie nach ihrem Empfinden schnöde im Stich gelassen hatte, Hass vor allem aber auf die Kirche, die so, wie sie das sah, ihr Lebensglück zerstört hatte. Ein erster Lichtblick war es dann, als ihr schon am ersten Tag in ihrer neuen Funktion Herr Mirkowski über den Weg lief, ihr treues Pfarrfaktotum, der seinen Weg ja bekanntlich kurz zuvor ebenfalls nach St. Oskar gefunden hatte. Die beiden Neulinge fielen sich in die Arme und schwärmten von vergangenen, schöneren Tagen. Dann gabe Herr Mirkowski Frau Poltermeier ein Versprechen, das er am Ende bitter bereuen sollte: Was immer passiert, auf mich können Sie zählen, jederzeit und unbedingt! Bei diesen Worten wurde Frau Poltermeier ganz sicher warm ums Herz.

Ihr erster förmlicher Antrittsbesuch galt natürlich Pfarrer Hampel. Der Pfarrer empfing sie in seinem Pfarrhaus. Einige unauffällige Blicke, ein kurzes Gespräch mit dem Pfarrer – und die lebenserfahrene Frau Poltermeier wusste Bescheid. Sie hatte es mit einem kranken Mann zu tun, einem Mann, der ihr im Bedarfsfalle keinen Widerstand entgegensetzen würde. Und es sollte noch besser kommen: Pfarrer Hampel überfiel Frau Poltermeier quasi mit dem Ansinnen, sie möge doch für ihn die Geldgeschäfte erledigen. Er gehe nicht gerne außer Haus und alle diese Dinge seien so anstrengend. Der Pfarrer übergab Frau Poltermeier die für ihn ausgestellten Bankkarten der Pfarrei, mit denen sie über die Girokonten verfügen konnte, und bat sie, allfällige Abhebungen insbesondere für den Kindergarten vorzunehmen und das Geld dann Frau Kammerloher oder einem anderen Verfügungsberechtigten zu übergeben. Frau Bast, die Pfarrsekretärin, sei entsprechend informiert und würde die Abhebungen dann automatisch richtig verbuchen. Habe ich recht, Herr Pfarrer?", fragte Wengler, an Pfarrer Hampel gewandt. Dieser nickte seufzend.

„In der Folgezeit nutzte Frau Poltermeier die Karten zum eigenen Vorteil. Den größten Teil der nur in kleinen Tranchen an den Automaten gezogenen Beträge behielt sie für sich, um ihr Schweigegeld aufzustocken, das sie als lachhaft niedrig empfand. Kleinere Summen ließ sie aber auch dem Kindergarten zukommen, um Nachfragen aus dem Wege zu gehen. Das ging so lange gut, bis dem Kirchenpfleger, Herrn Seeberger, auffiel, dass der Kindergarten nach Lage der Bücher über seine Verhältnisse lebte. Noch hatte er Frau Kammerloher als Schuldige im Visier. Er beging aber den Fehler, Herrn Stavropoulos bei einem Gespräch von seinem Verdacht zu erzählen und anzukündigen, Frau Kammerloher zur Rede stellen zu wollen. Herr Stavropoulos, der um sein Bauprojekt fürchtete, sprach sofort Pfarrer Hampel auf den Verdacht des Kirchenpflegers an. Dieser wiederum hatte nichts Eiligeres zu tun, als sofort Frau Poltermeier, die er im Besitz seiner Bankkarten wusste, von den Vorwürfen zu unterrichten und sie zu fragen, ob da etwas dran wäre." Wengler blickte erneut zu Pfarrer Hampel hinüber, der wieder seufzend nickte.

„Jetzt musste es schnell gehen. Frau Poltermeier beschloss, Herrn Seeberger zu beseitigen. Dabei ging es ihr gar nicht einmal nur darum, ihre Veruntreuungen zu kaschieren. Ihr war noch ein anderer Gedanke gekommen, den sie überaus faszinierend fand. Der Mord an Seeberger sollte in einer Art und Weise begangen werden, die nicht nur scheinbar eindeutig auf einen anderen Täter zielte, einen Mann, der sich wahrscheinlich nicht zu wehren wusste. Zugleich wollte Frau Poltermeier diesen Mord vielmehr auch zu einem weiteren Akt der Rache an der Kirche ausgestalten.

Jetzt muss ich wieder etwas ausholen und zurückkommen auf die Urlaubsreise durch die Südstaaten der USA, die Frau Poltermeier seinerzeit mit ihrem Lebensgefährten unternommen hatte und die ihr immer noch in so schöner Erinnerung war. Das Paar hatte sich seinerzeit unter anderem mehrere Tage in New Orleans aufgehalten. Untergekommen waren Frau Poltermeier und ihr Gefährte in einem Nobelhotel im French Quarter, im Vieux Carré, dem ältesten Stadtteil von New Orleans. Ziellos flanierten die beiden Reisenden durch das Viertel, genossen die Leichtigkeit des Lebens in The Big Easy, wie die Stadt genannt wird. Plötzlich blieb Frau Poltermeier vor einer schaurigen Bruchbude in einer wenig belebten Seitenstraße stehen. Es war ein Geschäft für Voodoo-Artikel, ein Geschäft, in dem Anhänger des Kults, aber auch Touristen alles kaufen konnten, was man für einen zünftigen Voodoo-Zauber gebrauchen konnte. Frau Poltermeier war fasziniert und konnte sich kaum von dem Geschäft losreißen. Im Hotel ließ sie sich einen Kenner der Materie vermitteln, einen Adepten der Schule von

Marie Laveau, der Hexerin, im 19. Jahrhundert eine der einflussreichsten Personen in ganz New Orleans. Dieser Adept führte Frau Poltermeier gegen eine nicht ganz geringe Spende in den Kult ein. Ihr Begleiter, der Pfarrer, sah dies mit wachsendem Missvergnügen und stellte Frau Poltermeier mehrfach zur Rede. Sie ließ aber nicht davon ab, sich mit dem Kult zu befassen. Kurz vor der Abreise aus New Orleans suchte sie zusammen mit ihrem Begleiter noch einmal das kleine Geschäft auf, das erstmals ihr Interesse am Voodoo-Kult geweckt hatte, und erstand dort gegen den stürmischen Protest des Pfarrers eine kleine Strickpuppe mit Nadeln, die man angeblich zur Ausführung eines Schadzaubers nutzen konnte, und eine Statuette, die einen bekannten Loa des Voodoo-Kults, Baron Samedi, in einer für New Orleans typischen grünen Gewandung zeigte. Und ehe Sie leugnen, Frau Poltermeier", sagte Wengler, zu der Angesprochenen gewandt, „wir haben auch in diesem Punkt die Aussage ihres Begleiters, der Herrn Putz außerdem auch noch die Rechnung für den Ankauf der Kultgegenstän-

de gezeigt hat. Gott sei Dank hat er sie aufbewahrt."

Kapitel 21

Auf den Gesichtern der Veranstaltungsteil-
nehmer machte sich ungläubiges Staunen
breit. Auch Kriminalkommissar Beck hörte
Wengler gespannt zu und konnte kaum fas-
sen, was sie da zum Besten gab. Dr. Stamm,
Seckendorff und Putz blickten immer wieder
verstohlen um sich. Konnten die Leute Wengler folgen? Bis jetzt sah es gut aus. Wie erhofft
hatte Pfarrer Hampel den in sein Wissen gestellten Part der Geschichte voll bestätigt. In
der Vorbesprechung hatten Putz und das
„Team Wengler" beschlossen, hier zu pokern
und den wahrscheinlichsten Verlauf der Dinge
in die Geschichte aufzunehmen. Sie hatten
gewonnen; der Pfarrer setzte all sein Bemü-
hen darein, sich von Frau Poltermeier abzu-
setzen.

Lediglich Frau Poltermeier selbst saß scheinbar ungerührt auf ihrem Stuhl und gähnte
verhalten, bevor sie sich noch ein Glas Limonade eingoss.

„Nach diesem Einschub, meine Damen und Herren", setzte Wengler ihre Darlegungen fort, „wird zumindest den Eingeweihten unter Ihnen klar sein, was passiert ist: Frau Poltermeier wandte sich an Herrn Mirkowski und beauftragte ihn, die mit Nadeln gespickte Voodoo-Puppe, die sich nach wie vor in ihrem Besitz befand, vor der angesetzten Pfarrgemeinderatssitzung im Pfarrsaal zu deponieren. Dann sollte der Mesner in einem Moment der Abwesenheit von Pater Xavier ins Pfarrhaus gehen und dort in einem der vom Pater nicht genutzten Wohnräume die Statuette von Baron Samedi aufstellen. Auch diese Statuette hatte Frau Poltermeier als Reminiszenz an ihren Besuch in New Orleans aufbewahrt und stets in Ehren gehalten. Letztlich sollte Herr Markowski Herrn Seeberger, wenn der wie üblich verspätet zur Sitzung kam, im dunklen Durchgang zwischen der Kirche und den Konferenzräumen auflauern und ihn dort niederstechen, und zwar möglichst so, dass die Stichverletzungen mit den Nadeln korrespondierten, die in der Puppe steckten. Herr Markowski führte seinen Auftrag treu und brav aus, nahm Herrn Seeberger einer plötzlichen Intuition folgend außerdem auch noch Geldbörse, Handy und Papiere ab und begab sich dann in Wartestellung, bis das Telefon klingelte und er den Auftrag erhielt, Herrn Seeberger zu suchen. Natürlich fiel es ihm nicht schwer, auch diesen Auftrag zu erfüllen.

Enttäuschend verliefen danach für Frau Poltermeier die ersten polizeilichen Ermittlungen. Niemand schien sich für das Stoffpüppchen zu interessieren; niemand machte sich auf die Suche nach einem Voodoo-Hexer, der in St. Oskar sein Unwesen trieb und niemand kam infolgedessen auf den Gedanken, in Person von Pater Xavier fündig zu werden. Erst als ich mich dann eingeschaltet habe, habe ich die Polizei auf diese Spur gesetzt. Dafür kann ich mich heute nur entschuldigen, bei der Polizei, vor allem aber bei Pater Xavier. Und beinahe hätte nun ja auch Frau Poltermeier ihr zweites Ziel erreicht, ihr Ziel, die Kirche in ihrer Auseinandersetzung mit dem ketzerischen Voodoo-Kult unsterblicher Lächerlichkeit preiszugeben.

Was dann im Folgenden genau geschah, insbesondere was genau Frau Poltermeier veranlasste, nach Herrn Seeberger auch noch Frau Kammerloher zu töten oder besser töten zu lassen, bleibt wohl für immer im Dunkeln. Ich kann hier nur spekulieren. Frau Poltermeier dürfte mitbekommen habe, dass sich nach dem Tod von Herrn Seeberger eine pfarreiinterne Ermittlungsgruppe gebildet hatte, die von der zu dieser Zeit herrschenden Theorie der Polizei, es liege ein Fall von Beschaffungskriminalität vor, nicht viel hielt und begann, der Spur des Geldes nachzugehen. Für Frau Poltermeier konnte das schnell gefährlich werden. Außerdem wusste sie ja bekanntlich, dass Herr Seeberger kurz vor seinem Tod die Absicht geäußert hatte, Frau Kammerloher auf die hohen Geldbeträge anzusprechen, die angeblich im letzten Jahr für den Kindergarten ausgegeben worden waren. Ich kann nur mutmaßen, dass Frau Poltermeier von irgendeiner Seite erfahren hat, dass dieses Gespräch noch vor dem Mord an Herrn Seeberger tatsächlich stattgefunden hat. In diesem Fall lag für sie die Schlussfolgerung nahe, dass

Frau Kammerloher in diesem Gespräch den Vorwurf, haushaltswidrig zu viel Geld ausgegeben zu haben, empört zurückgewiesen hatte und sich veranlasst fühlen würde, ihre Unschuld gegenüber der Pfarrleitung unter Beweis zu stellen. Was auch immer – Frau Poltermeier fühlte in jedem Fall, dass sich die Schlinge um ihren Hals zuzog und wollte einen Befreiungsschlag landen. Deshalb entschloss sie sich, auch Frau Kammerloher zu töten, bevor diese weiteren Schaden anrichten konnte. Dieser Entschluss fiel ihr umso leichter, als sie kurz zuvor ja schon einmal getötet hatte. Aus der Kriminologie wissen wir, dass ein Täter, der schon einmal getötet und damit quasi seine Beißhemmung verloren hat, Bedenken gegen eine zweite Tat leichter überwindet.

Das Procedere wird ähnlich abgelaufen sein wie im Falle des Herrn Seeberger: Frau Poltermeier lockte Frau Kammerloher aus dem Kindergarten an einen einsamen Ort, diesmal in den Garderobenbereich des Pfarrsaals, der zur fraglichen Zeit völlig leer stand. Vermutlich hat sie selbst sich mit Frau Kammerloher dort verabredet, vermutlich mit der Ankündigung, ihr Genaueres über die Gelder sagen zu können, die verschwunden sind. Vor Ort erwartete das Opfer dann aber nicht Frau Poltermeier, sondern Herr Mirkowski, und Herr Mirkowski erwies sich ein weiteres Mal als getreuer Vollstrecker des Willens seiner Herrin. Nach bewährtem Muster wartete er nach der Tat kurz ab, um dann Alarm zu schlagen.

Aus Sicht der Ermittler war klar, dass hier mit hoher Wahrscheinlichkeit wieder ein Mann zugeschlagen haben musste, denn die Tat, so wie sie ausgeführt wurde, erforderte einen erheblichen Kraftaufwand. Niemand wäre zu dieser Zeit auf Frau Poltermeier als Täterin hinter dem Täter gekommen. Jetzt aber, mit dem Wissen über all das Geschehen, das sich vor der Tat ereignet hat, wird die Sache klar. Und dass es Herr Mirkowski war, der Frau Kammerloher in der Garderobe des Pfarrsaals erhängt hat, wird sich durch einen DNA-Abgleich mit den Spuren, die unter den Nägeln von Frau Kammerloher gesichert werden konnten, zweifelsfrei feststellen lassen."

Kapitel 22

„Der Rest", meinte Wengler nach kurzer Pause, „ist schnell erzählt. Das Ermittlerteam konnte der Spur des Geldes auch ohne eine Anhörung von Frau Kammerloher bis zu Pfarrer Hampel folgen. Der Pfarrer wollte uns zwar zunächst nicht weiterhelfen; es war ihm wahrscheinlich peinlich, selbst durch sein unbedachtes Verhalten die kriminellen Aktivitäten von Frau Poltermeier gefördert zu haben. Das hat unser Pfarrer aber wieder gutgemacht dadurch, dass er heute, hier im Saal, die Weitergabe der Bankkarten an Frau Poltermeier zugegeben hat. Sie hatten außerdem enormes Glück, Herr Pfarrer", sagte Wengler, den Blick auf Pfarrer Hampel gerichtet, „dass Frau Poltermeier nicht Sie als nächstes Opfer auserkoren hat. Damit hätte sie immerhin ihre Spuren weiter verwischen können. Aber entweder glaubte Frau Poltermeier, sich auf ihre Verschwiegenheit verlassen zu können, oder – und das halte ich für wahrscheinlicher – sie kam einfach nicht mehr nahe genug an Sie heran. So gesehen hat sich Ihre Entscheidung, sich dem Tagesgeschäft in der Pfarrei weitgehend zu entziehen, für Sie ganz eindeutig bezahlt gemacht."

Auf diese Ausführungen Wenglers reagierten die hauptamtlichen Mitarbeiter der Pfarrei mit Grinsen. Der eine oder andere Ehrenamtliche konnte ein leises Lachen nicht unterdrücken. Nur Frau Poltermeier saß weiterhin mit unbewegtem Gesicht auf ihrem Stuhl.

„Nun komme ich zur heutigen Veranstaltung", fuhr Wengler fort. „Sie werden, Frau Poltermeier, von Anfang an den Verdacht gehabt haben, dass es heute nicht nur um den bevorstehenden Bittgottesdienst gehen würde. Rein vorsorglich haben Sie sich mit Zyankali bewaffnet, wo immer Sie das auch her haben mögen. Ihre Vermutung wurde zur Gewissheit, als Sie gesehen haben, wie ich mit meinem Team und Herrn Putz gemeinsam den Saal betreten habe. In einem letzten Akt der Verzweiflung haben Sie beschlossen, die einzige Person zu beseitigen, die Sie aus eigenem Wissen und Erleben des Mordes würde beschuldigen können – Ihr altes Faktotum Mirkowski. Sie haben ihm in einem unbeobachteten Moment vor Beginn der Sitzung das Gift in den Kaffee geschmuggelt. Letzteres wird eine Analyse des Kaffeerestes in seiner Tasse bestätigen. Dann haben Sie seelenruhig abgewartet, bis Herr Mirkowski nach Abschluss seiner Vorbereitungsarbeiten hier zur Tasse griff. Diese Tat, Frau Poltermeier, war, wenn Sie mir diese Bemerkung gestatten, nicht nur besonders hinterhältig, sondern geradezu abscheulich. Ich hatte das nicht von Ihnen erwartet. Immerhin war Herr Mirkowski Ihr Vertrauter seit alter Zeit, ein Mann, der Sie so verehrt hat, dass er sich immer und in allem Ihrem Willen unterworfen hat, selbst dann, wenn Sie von ihm etwas verlangt haben, was er aus eigenem Entschluss niemals zu tun in der Lage gewesen wäre. Diesem Mann haben Sie das Leben genommen. Ich sage nur : Pfui!"

Alle Blicke waren jetzt auf Frau Poltermeier gerichtet. Sie stand langsam auf und klatschte zwei, drei Mal langsam in die Hände. „Gut recherchiert, Frau Wengler", sagte sie leise, kaum verständlich. „Ich könnte jetzt alles ableugnen. Aber einer Festnahme würde ich dadurch kaum entgehen. Außerdem bin ich müde, so müde."

Mit einer beiläufigen Handbewegung griff sie sich an den Mund, setzte zum Gähnen an, senkte den Arm dann aber wieder, griff zu dem vor ihr stehenden Glas mit Limonade und trank einen kräftigen Schluck. Dann murmelte sie leise einige Worte. Sitznachbarn meinten später, etwas in französischer Sprache verstanden zu haben. Es klang, so berichteten sie später, wie: Dormi pa´fumé, Baron Samedi. Plötzlich begann Frau Poltermeier zu zittern, griff sich an die Kehle und stürzte zu Boden. Dr. Stamm eilte zu ihr, untersuchte sie kurz und verkündete dann: „Sie ist tot. Zyankali!"

Kapitel 23

In der Nacht nach der Veranstaltung im Pfarrsaal hatte Wengler lange nicht einschlafen können. Zu sehr hatte sie noch das Geschehene beschäftigt. Am nächsten Morgen war sie dann einigermaßen gefasst. Beim Frühstück erzählte sie ihrem Mann von ihrem großen Auftritt, von Mord und Selbstmord und davon, wie am Ende alle bedrückt auseinandergegangen waren. Ein Telefonanruf unterbrach schließlich ihre Schilderung.

„Putz hier, Frau Wengler, guten Morgen. Wie geht es Ihnen?"

„Schlecht", antwortete Wengler wahrheitsgemäß.

„Vielleicht kann ich Sie ein wenig in Ihr seelisches Gleichgewicht zurückbringen", meinte Putz. „Zunächst einmal: Das haben Sie ganz toll gemacht. Ihre Geschichte hat jeden überzeugt, auch da, wo wir in der Vorbesprechung alle noch etwas gezögert haben, weil es keine unmittelbaren Beweise gegeben hat. Und letztlich hat Frau Poltermeier ja dann auch alles zugegeben. Bedauerlich nur, dass sie sich ihrer Verantwortung durch Selbstmord entzogen hat. Aber das kann Ihnen wirklich niemand zum Vorwurf machen.

Die Polizei hat im Übrigen schnell reagiert. Pater Xavier ist frei. Er packt gerade seine Koffer und will so schnell wie möglich nach Haiti zurückkehren. Von Deutschland hat er genug. Das wird jeder verstehen. Für uns hat seine Entlassung aus der Untersuchungshaft im Übrigen höchst erfreuliche Konsequenzen: Das Ordninariat hat den Bittgottesdienst in St. Oskar mit anschließendem Exorzismus sang- und klanglos abgesagt. Nachdem nicht mehr die Rede davon sein kann, dass ein katholischer Priester hier eine Götzenfigur aufgestellt hat, ist das Pfarrzentrum St. Oskar, wie es scheint, nicht mehr von dämonischen Mächten bedroht. Die Untaten von Frau Poltermeier haben der Weihe unseres Zentrums offenbar nichts anhaben können.

Ach ja, und Pfarrer Hampel hat sich bei mir abgemeldet. Er ist froh, in diesem Fall zuletzt doch noch mit uns kooperiert zu haben, auch wenn er selbst nicht mit heiler Haut davonkommen wird. Seine Pfarrstelle ist er los. Das Ordinariat hat ihn wieder in eine Entziehungsklinik geschickt. Nach dem Entzug soll er in die Mission gehen. Dem Vernehmen nach wartet eine Pfarrstelle im Kongo auf ihn. Dafür bekommen wir – das ist ausgleichende Gerechtigkeit – einen Geistlichen aus dem Kongo als neuen Pfarrer in St. Oskar. Hoffen wir alle auf gute Zusammenarbeit. Wir beide bleiben jedenfalls in Verbindung. Bis zum nächsten Kriminalfall!"

.

Zeitfracht Medien GmbH
Ferdinand-Jühlke-Straße 7
99095 Erfurt, Deutschland
produktsicherheit@kolibri360.de